U0934009

金蝶现身

依皙 著

長江出版傳媒 | 长江文艺出版社

依堑　木刻肖像
彭日峰　刻

依堑，本名陈育新，生于1970年代，江西宁都人。有诗歌作品见于《诗刊》《诗探索》《星星》等刊物，诗作入选多种选本，出版个人诗集《纸上的波光》。

“留下的印迹，被命名”（代序）

柳袁照

题目是一句诗。我读依堑的诗，读到这一句的时候，心里咯噔一下，像在山路上行走，突然眼前一道天堑，惊讶了一下，立即俯下身子，这么险峻的风景，忍不住说一声：真美啊。

依堑的诗是深邃的、深刻的、有蕴含的：

以为立秋过后就是秋天
以为台风定会越过武夷山
以为一场雨可以浇灭
心中的躁与块垒。我知道
眼前了无生气的橙园比我更焦虑
叶子们噘起嘴，像浅水中的
一群鱼，它们追逐的泡泡
灰而单调；青果的未来并不明朗
上天的一孔之见
掌握命运，板结泥土，造就
夜空里闪烁不定的星星
尾随一绺崩散的云
我在松树下擦拭汗水

水在哪里呢？唯有咸涩的
晶盐，像我日渐干枯的期待
（《为一场雨，期待都干枯了》）

“立秋”是节气，是一条分水岭，是界碑，这是常识。可是生活中往往“常识”会丢失，规律会变得不可捉摸，变得无序。诗人本以为的事物，却背离了方向和本性。透过诗句，我们会发现深刻的道理，让人产生联想，让人沉思，我们会看到许多本不该发生的事却发生了，或者本该发生的事却没有发生。

依堑的诗通过物象、意象，产生象征性意义：

防线缩了又缩，对于整个大地
冬天几乎把它赶进一只只螺壳里
不敢恨天空，恨积雨云的绝情
不敢爱一张脸，爱她偷偷俯身下来的
吻。与一把早熟禾为伴，毫不声张
经过蒙羞的溪涧，早已不是
那个喉结突出刚刚变声的少年了
路边的喧嚣一阵一阵
可以撕破夜，但丝毫不能
撼动它的内心，像风吹不进玻璃
（《流水》）

这首诗的主旨是什么？它要表达什么？读者读它感受

了什么？这需要我们领悟诗人用什么物象作为替代物，用什么意象完成了他的表达。诗题为“流水”，冬天的流水去了哪里？被驱赶进了“一只只螺壳里”的，只是“流水”吗？包括不包括我们的情感、态度、价值观，或者一言以蔽之——“思想”？不敢恨，其实是敢恨；不敢爱，其实是迫切地爱着。“经过蒙羞的溪涧”，意味深长。“路边的喧嚣一阵一阵”，不言自明。“丝毫不能，/撼动它的内心，像风吹不进玻璃”，一个内心无比坚强的最后的守卫者的形象呼之欲出。

依堑的诗是节制的、断裂的，不直白，不直抒胸臆，情感不铺陈，最多给予暗示，但能体会到他的深沉的爱与恨：

我认定西山坡一带的荒芜
未必有我想象的金蝶
不安于“滑坡”“塌方”之类词语的
危险，孩子们也终究没去过
但紫藤、爬山虎、三角梅这些不怕死的
呆子，对它们，教育是徒劳的
荣枯的道理永远藏身在
风雨的肆意变化之中
无人的夜里练习攀崖走壁
比赛吸引飞虫的伎俩，植物的原则
总有不为人知的家底
当一只名叫伊莎贝拉的蝴蝶
出现在一部耗尽风光的电影时，有谁

不想自绝于
五颜六色的草甸和雾气弥漫的河谷
拉紧的窗帘挡不住追慕者
也挡不住春天。在西山坡，绿色
大有决堤的趋势，如果运气好一点
迎面花事，金蝶便会现身
那么美的身影，一直
占据着我的眼睛
（《金蝶现身》）

诗人的理想，是金贵的。诗人的理想若隐若现，或者说诗人为理想而战的英姿若隐若现。

对真、善、美的渴望与追求，是内心的一种痛。理想的化身在哪里？真、善、美的化身在哪里——在“西山坡”。西山坡寄托了诗人所有渴望与追求，他的爱，他的恨，他的喜怒哀乐。诗人没有直述心意，对对立面、对丑恶的鞭挞，也是点到即止，有理有据，有理有节——“滑坡”“塌方”，似是而非的世俗风气、消极保守的言行态度，都不能挡住“正义”“真理”的力量。“金蝶”是谁？“金蝶”何时现身？不必急于赤裸裸地告诉你，只能由读者自己去领悟。

依堑的诗是人写的诗，是现代人写的诗。

这话似乎不通，还有不是人写的诗吗？有，有人写诗就像神，说教大道理，好像不食人间烟火。依堑的诗有人的七情六欲，是正常人的情感，是平常人的思想，能与人共鸣：

我仰望它的高远
但现实是
我用力搓洗一块蓝布条
我的汗水涔涔
泡沫般的云朵
淹没了我的双手
（《七月三十日的天空》）

依堑的诗是教师的诗，当下教师的诗。

我之所以这么认真读他的诗，推崇他的诗，与他的身份是分不开的。依堑是一位小学校长，曾教语文也教数学。他任职于江西省宁都县第一小学，几年前他去苏州参加一项校长培训，我去讲课，在那儿认识。他曾去苏州十中参观，我们还合了影。没想到一别之后，他写了一本诗集。他诗中有学校的生活，有教师的情感。在教学中，老师都会让学生准备一本“纠错本”，容易做错的题目（题型），让他们在本子上纠正，归纳类型，不断提醒自己。依堑借题发挥，写得发人深省：

没错的话，香樟树不该
在春风中更衣；那些懵懂的
孩子不该转动花伞，分不清
晴天雨天。她患上了纠错病

当校园晨曲奏响时
她告诉我，这调子多么不合时宜
春天呢，应该有流水
有梦一样的色彩。听这曲子
像深夜，像对病人的安慰
更何况一整年，两年哦
没有改变过，这不是错误吗？

这不是错误吗？你总在说
在课堂，指着可怜的孩子
数着他们的失误，夸大一次
作业的不堪，书写潦草
或逻辑的荒谬。“把纠错本
拿出来”，你的病涉嫌粗暴

而那孩子的纠错病却关涉
这校园，这整个春天
（《纠错病》）

依堑的诗是诗人的诗，现代诗人的诗。

依堑的诗已经不是业余作者的诗，纯粹是一个诗人的诗，他的诗无论在立意，还是在表达方式上，即在思想性与艺术性两方面都到了一定的境界高度，纯粹是“现代诗”，有现代诗的灵魂与肉身。比如《阿婆》这一首，比较典型。阿婆可以说是在他人生留下最深的“印迹”的人，他以“诗”，以“爱”，甚至以“整个人类精神”为之命名：

阿婆，我只要你眉梢一绺含笑
的皱纹，让我不至于伪装终日
在别人面前点头哈腰
阿婆，我只要你饱经沧桑的手指
轻弹我浑浊无光的额角
给我以排遣阴郁心结的点化
阿婆，我要你眼前坦荡的湖水
哪怕一滴，便可治愈世界的眼疾
阿婆，我要你一身的大襟衣
满身的华丽羞煞这时代的褴褛
阿婆，我只适合蹲在你的背后
做一个羞愧的影子
无人待见，泪流满面

其实，依堑如何只是为阿婆的印迹命名？他是以自己的诗，为他所见到的世界做了整体性的命名，为万事万物赋予诗的意义。

柳袁照

（原苏州十中校长，诗人）

2021 年 12 月 9 日

目 录

第一辑　越来越近了

第二辑　我们都将经受

第三辑　星光的聚会

第四辑　旅程

第五辑　紫色花

第六辑　井中之物

附录

后记

第一辑

越来越近了

落叶告诉落叶

我以为下雪了，但不是
经过路旁的一棵重阳木
听到簌簌的飘落声
树上的落叶打在地上的
落叶上，轻盈，骨感
树上稀疏，地上厚密
极有意思的对照
是树枝向树根的问候
是低处向天空的迎迓
作为一棵高过数丈的大树
难得如此地手足相携
这是一个严寒的冬日
曾经的绿叶、鲜花
也带着悲伤，在这个
寒风凛冽的冬日，落叶告诉落叶
要相信，要温暖……

2020-12-31

被收藏的沙子

巴拉顿湖的沙子灰色细腻
像你微醺后稍稍翘起的胡子
不同于暹罗湾，白色亮光闪烁
在指间，而冈比亚河流经塞内加尔
时间沉积下来的红沙，像一道
色彩缤纷的长廊投下影子
渐变的海潮呈现里海的黑白乾坤
和肯尼亚独步天下的紫金螺旋沙
那些瓶子，那些奇妙的瓶子
你收藏的世界，忘我的淘金者
躲在暗处细数过往的花与面孔
性格各异，殊途同归
仿佛提醒你不断经历的旅程
留下的印迹，被命名
卡尔维诺的大地漫游
如果可能，大雁也可以
在缥缈的天空，以另一种方式
不同的云朵，不同的季节
包括生命之旅本身
大雁才是最优秀的旅行家

寒潮将至

暖如夏的时日终于
被一股寒流截断
原本顺应的，你该
自然相迎，增衣，戴帽
不贸然出行，偶遇
冰与雪……但你的急迫
你的急迫是否太早泄露
在第一夜，你打开空调
你需要温暖地做梦
不是对抗，是顺时迎接
而这一夜，你唤醒了
还在墙角徘徊的蚊蚋
这一夜，你不得不重新
组织一场纷乱的梦
潘多拉的魔盒
你千万不要轻易打开

2020-11-25

七月三十日的天空

我仰望它的高远
但现实是
我用力搓洗一块蓝布条
我的汗水涔涔
泡沫般的云朵
淹没了我的双手

寻泉记

汪汪的一池水
汪汪的一池清凉
是如何积流而成的
生活总让人好奇
那就从最近的一丛
蕨草开始，经缠绕的小径
抵达发现的终点
一片野芒地，石隙与苔藓
涓涓滴滴……

去　巢

破壳而去的，何止
飞羽与轻鸣
还有未知与远方……

旁　观

抵达草色渲染的绿洲
将饵料撒足，垂下钓线
等待傻瓜翘嘴鱼咬钩

他们总是乐此不疲，我坐下
或者起身，赤脚的滋味如同
神仙，过草尖，始终无声

这过程与在火炉旁看
铁匠打造一件刀具一样
我目不转睛记录整个过程

鱼和刀具皆为人间造化
喜悦喂养世人，我不曾
忘记，即便在童年的博物馆

一切在静观，无心的
湖水啊，铁花灿烂地飞溅

尾　声

戴深度眼镜的光头教授
时而深沉时而戏谑地说着
教育的最后一公里有多远
圣诞老人的帽子长出翅膀
翻飞在这迷宫般的城堡
假装恨，爱得疯狂才是
这一天的主旋律。我有与生俱来的
警觉与怀旧，我开始复盘
刚刚过去的一天
雨中匆匆走过的郊外医院
留下暗疾的幌子
想起在云锦展厅消费过
整整一上午的眼花缭乱
在六朝古都找一只带鱼纹的
陶罐，一件重生的旗袍并不难
我在变幻的电幕下仰望
一行消失的文字，在当当书店
几近豪华的温情中
一本书很难找到它的主人
继续回溯，最深刻的事件
总令人难忘。漫长旱季

终结的那一刻，我看见果园里
掩面而哭的虫子和失色的树叶
一滴雨啊，米一样的雪啊
都可以用限量与珍贵来形容
窗台上的君子兰，廊道外的蜡梅
被冬天稀有的色彩点亮
几乎掘尽我内心仅存的一点兴奋
这一年留给我的
美的可以忽略：春风，明月，痛饮
更多的：空白，中年病
田园荒芜，生死疲惫……

2019-12-25

下　降

我倾心于下降，不是一个词，或者
在无眠之夜的失重和冥想
现实的高地充斥虚假的伟岸
无休无止的叫嚷，鸡血般亢奋
风一味地，向上吹，吹乱多少束发
我突然感怀于贫穷的年代
多么地好，旷野辽阔，月黑风高
却是游子最踏实的慰藉
而如今，高处，总是高处
仿佛成为所有人的归宿
我为此选择下降，悠悠云端
我宁愿是一场莫须有的大雪
宁愿是悬崖崩塌的一角
是干旱，是山涧流入石缝
不知所终。我远涉江湖
做贾府内一名低贱的厨子
唯有吃喝能打动我，也让我
苟且偷生，与一群饿狗野猫
畅叙友谊。我蹲下来
与低处的虫蚁为伍，与枯枝
败叶一道体会秋凉与寒冬

瞬间飘飞的快乐，唯有下降

我别无选择……

2019-10-31

为一场雨，期待都干枯了

以为立秋过后就是秋天
以为台风定会越过武夷山
以为一场雨可以浇灭
心中的躁与块垒。我知道
眼前了无生气的橙园比我更焦虑
叶子们噘起嘴，像浅水中的
一群鱼，它们追逐的泡泡
灰而单调；青果的未来并不明朗
上天的一孔之见
掌握命运，板结泥土，造就
夜空里闪烁不定的星星
尾随一绺崩散的云
我在松树下擦拭汗水
水在哪里呢？唯有咸涩的
晶盐，像我日渐干枯的期待

2019-08-24

这些天，在鹭岛

他们的言说，终有停顿的时候
我选择每天的停顿时刻
开始我的旅程，选择一个点
迈向它的东西南北
相同的风景和不同的面孔
我都看见过，但都是瞬间的
我心中有一片沙滩
然后是碧蓝碧蓝的海水
更遥远的地方，我一直
无法到达，梦也如此……

雨中的思想者

我所拥有的特权
天空辽阔，自由飞翔
密织的雨丝如同光芒
提供想象和美
我一声不吭地站立
在青瓦之脊
雨像巨大的声势，大到
不容万物呼吸的紧迫
但我自有神的气度，肃穆
而庄严，我抵御着
箭镞一般的刺伤与侵袭
生或者毁灭，我无须选择
遥远的只有诗与思
配对天空的寥廓，海一样的
深邃。我抖了抖翅翼
仿佛在幽暗的海底
试着侧了侧身——

2019-06-28

常常是

常常是，我们将爬上
一个陡坡，你不断地提醒别人
小心，自己却摔个四脚朝天

常常是，清澈的溪水
整日流过门前，你却熟视无睹
找不到源头，不知道感恩

常常是，窗外的月光雪白
你却疲惫于诗篇之外
忘记了故乡，远在千里的亲人

常常是，春天将去
桃花来不及挽留便已落尽
常常是，美德永续
你终归是化外之人

到河对岸去

我要到河对岸去
我要穿过新修的柏油马路
在马尾松林的旁边
老宅的屋檐又低了一截
母亲的背影又短了一寸
我必须趁着暮色
卸下一生的风尘
轻轻推开门扉
跪倒在母亲跟前

一畦青菜

闯入眼帘的无非
荒野枯瘦，刷新眼界的
无非积雪的菜地
芹菜、蒜苗、莴笋、白菜
清新的面容秀着惊喜
姆妈在前，我踩着
她的影子，在
了无生机的冬日里
我无所求，我只要跟随
和依偎，像青菜
离不开盛雪的田园

清水田

无云的天、落叶和枯荷
照一面镜子，一头家犬小跑着
隐入近旁的青菜地
落单的黄莺儿箭一样
斜斜掠过，射向远方
清水田有一颗敞亮的心
面对横吹的风微微侧目。
挑担的汉子有一副
好身手，把细长的田埂
当钢丝踩，有时
难免赶出一身热汗
便揭开水田的薄面皮
一把一把地往头上浇
他舒坦地呼着气
咸咸的汗落入水田
像无数的鱼苗儿集体放生

远　望

山根下那幢房屋
开始显现轮廓的时候
他卸下行李
坐在土堆上歇息
取出三千万像素的手机
慢慢把镜头拉大
他看见了粉色的墙
橘子树环绕的小院
敞开的房门，门楣上
的吉祥符帖还在
小鸡们进进出出
他看见骑童车的孩子
红苹果般的脸
身高超出他的预想
一缕炊烟沿着烟囱
袅袅升起，他念兹在兹
线绒般的心有了暖意

2019-02-02

贴一副对联是轻易的事

想到了褪色的围巾，尚留
去冬的余温，却不肯卸下
想到不可靠的预言，却
岁岁重复，几度坚定。
终究抵不住时间如逝水。

我开始撕去红色的牛皮癣，
揭痛门楣与墙上的伤疤。
仿如向灰色的庸庸碌碌
做一场告别的仪式。

贴一副对联是轻易的事。
通向未来的一年，憧憬着，漫长的忐忑。

大年夜我们谈论什么

不喝酒，不放炮仗，不看春晚。
我们围坐闲聊，揭三十年的老底。

容颜未改，霜鬓已染。以石击潭，
水过不复，我们还是潭中砂石。

鹰飞长天，鱼翔浅底。鹰也需
栖水边枝头，鱼也见证天作风雷。

不哀叹，不悲歌，不涕泗横流。
举杯饮茶，相信葵花子持久的香味。

那个似是而非的情人

戴着草帽，叼着奇特烟斗
那个似是而非的情人

我搜遍记忆中的片断
企图看清他的面孔

他的不易察觉的微笑
在料峭的寒风中

通过一簇香樟叶
水滴爆出清冷的火花

我追逐爱，追逐
不可靠的远方

我凭着梦的痕迹
写下似是而非的诗行

一直是雨，一直是

一直是雨，一直是
捂得太久太久的委屈
得以宣泄

隔壁私人幼儿园
一名留守儿童撕心裂肺的哭
撕成碎片的下雨声

野猫离开葡萄架，循着
屋檐的干燥处行走或者卧下
它懒于倾听和跳跃

恪守孝道的庭院，将
往昔的光隐蔽，在四季桂
血管状的叶脉里

一直是雨，一直是
雨把记忆复活，将逝去多年的
亲人带回你的身边

我需要细雨的抚慰

细雨的恼人远比
不恼人更有深意

细雨的悲伤比
不悲伤更打动人心

我在柳芽初萌的河堤
漫步，雨丝吞噬河水、环城路

像贪钩的鱼，我一直猜测
那张嘴多么地好笑

我已经忘记雨之外的生活
污染过我的长胡子

给过我，烧灼的伤口
多么需要细雨的抚慰

我的忧伤不可方物

我会长时间站在雨中
观察喑哑的事物
湿漉漉的路面、树枝和
屋顶，它们发出的光
令我啧啧称奇

我会让雨水顺着脸颊
流成自然的溪水
我的眼睑像石壁上久旱的
草地，此刻泛起的感动
令我的泪无声无息

我甚至将自己当成
雨的一部分
我亲近一切，我有
莫名的忧伤
我的忧伤不可方物

越来越近了

——致新年

越来越远了，曾经无数次
梦见的雪，凛冽如刀刃的风
越来越远了，眼前那粗糙枯瘦
的山梁，灰如旧布的天空
越来越远了，臃肿的唐朝姿态
清浅得没有思想的河水
越来越远了，你手中的小暖炉
我的旧书桌未曾掸去的尘埃
越来越近了，窗外的柳枝
萌动的新芽和鸟雀的轻唱
越来越近了，池水漾起微澜
仿如小惊喜催开你紧闭的心
越来越近了，孩子嬉闹的身影
与母亲电话中的叮咛有一种默契
越来越近了，年关的脚步声
一阵一阵，轻敲着即将解冻的
大地以及清晰得
如同一副手书春联的乡愁

2019-01-25

涨　停

企图在柳丝的舞步上
寻找浪漫的人，千万别
轻视城墙拐角处的花草
它们的张扬几乎在一夜之间

那些兜售春光的旗袍秀
那些一身短打的庄稼人
那些迷恋抖音的手机控
都比不上江面上
三两只潜水鸭的快活

别跑哇，别跑
划桨的船夫一边追赶
一边轻佻地喊话
鳜鱼的背影一次次跃出
四月涨停在船舱的吃水线上

立春日的雀

仿佛是从那边的废墟
飞来的，说明你的心里
一直惦记眼前的坍塌
那些过往之鲫
它们的去向。雀儿不管
它们依稀的身影
孔洞、衰草和乱石的缝隙
它们找寻一些遗留
终于没有了。它们依然
要飞，要在另一片树丛
另一个屋檐下鸣叫
这就是你看见的它们
像一团泥巴抟成的古玩
在阳台不锈钢架上
你在想，一幅画中藏身的
背影，模糊，收拢着翅翼
模糊——是今年的立春
我的眼中缺少春天的颜色

2018-02-04

修　复

堵塞的，肯定不仅仅是一截水管
山洪的信息，令人
恍惚，不断放弃可靠的事物

水池几近干涸，枯枝败叶
占据了它。想到一场轰轰烈烈的
挫伤，正等待你的拯救

梳理一段道路并不难，我
必须寻回溢散的水源
它的清澈，还在视线之外迷失

如果没有一把力量施与的铁锨
一颗轻盈细密的导引之心
拯救如何，一泓池水的完满又如何

暂且移步于夏季将尽的山坡
满眼的绿与芬芳与缺陷无异
我无暇停下修复的步伐……

疯　长

洪水刚过，天气骤晴
接着又雨
你来不及准备伞具
也不打算戴上草帽
你几乎不曾注意
那棵刚刚还
稚气未消的脐橙树
突然蹿过了头顶
一切貌似慌乱
蕨草、野芒、木荷、水杉疯长
像你期待的一所学校
考试也无法压制
孩子
想跑多快就跑多快

2017-07-01

我无意惊动那只兔子

山谷中的风被人为克制
就连你背抄着手
面对一株冻绿的发呆
也如此沉闷。池塘
保持着一块玻璃的定力
鱼群已穿越到
另一无声无告的世界
你挥动铁锨给一株
橘树培土，你无意
打破这午间的沉静
你控制不住铁锨的力道
沙土像一场骤起的琴声
飞向山谷。“我真的无意，
惊动那只执意禅修的兔子。
真的无意……”
它飞奔的影子，几乎
掀起另一场风暴
山谷已不再平静

2017-07-14

开　放

始于何时，她已忘记了
只记得春天的暖流
促使她急切地打开

打开窗，打开旅途的一段
幽暗，打开缱绻的婚期
打开一幅长卷山水和历史

被风发掘的香，她拥有
低眉含姿的妩媚，仿如
宇宙波传递异星球的消息

雨，增加了花瓣的透明
不是她，因激动而颤抖
而是世界因她热泪盈眶

慈　爱

卷柏菊倚着秋风，藤蔓节制地爬过
灰斑雀的呢喃像一排琴键
如果仅仅如此，你会很快游离目光
但另一个情景出现了
那样及时，像一场雨，轻柔的往昔
母亲，孩子，手和臂弯
午后越来越透明的光，空气中
可以闻到爱的味道……
再没有什么
比这更切近的交流，灰斑雀
继续着它们的话题
孩子的笑容，张开的小手掌
构成了另一种倾听
两个世界的默契在一瞬间
变得恒久。而画的另一部分
绿墙壁在门的位置
打开一个缺口
一枝青藤正安静地向上生长

2013-09-25

阳光照着，四周宁静

冬日阳光，极力将江水熨平
选定一处港湾
你垂钓，我织衣
聊起孩子，他以及他的她
长久地沉默
你有你的鱼竿，我有我的针线
身后的高楼，车流的喧嚣
已经不属于我们
至少，我们不再去奔忙去追逐
辛苦仿佛到此为止
而你呢，会想些什么
江水瘦下去一寸两寸
像你的啤酒肚消失了一圈两圈
你是不是想着春天
哦，春天
生机勃发的，但像今天
不也很好，阳光照着，四周宁静

雨　后

不要回忆，那些粗粝与野蛮
家园已不成样子，但都可以过去
开始收拾天堂的遗物，那些泪水
村庄在洗亮的屋瓦下现出身影
如释重负般叹息一声，河边的林子
一只黄莺侧耳倾听树叶的低语
池塘平静，仿如一个人看透世间的
一切。无所谓大悲，无所谓生的凋零
一朵无人注目的野花焕发容颜
把落叶与花扫入墙角，把一只蝴蝶的前世
轻轻安放，灵魂已湿透胸前。抚平伤口
命定是他做的事，在这静悄悄的禅院
黄昏将至，雾气积聚善与造化
隐隐的雷声又在山那边响起

林中小屋

果园收敛起产后的得色
空旷尚欠一场大雪
山高月小，木屋在肃杀中现形
像风中沉思的一块石头

光线漏进来，照见木床、薄棉絮
剪子、绳索因停息而安静
炉灶，明灭自知
我劈柴，独坐，前往河的
对岸，山神相伴左右……

赶上农历十五墟日
我理发，访友，汇报即将
过去的一年，忧虑
越来越难捉摸的天气
我将驮回大米、烧酒，然后
花两天时间翻修冰雹损坏的屋面

冬天来临，鼹鼠将光顾我的生活

透过人群，我看见你

炎热在午后凝聚，我已经忘记
做过的梦。平淡，生活的翻版
但我必须屈从，像水滴溶入
浑浊的容器。我必须
穿过，肠道一般的街衢
黑压压的人群，不是花朵
无关幻境。嘈杂声
充斥视线的广告牌，彼此
陌生的脚步，冷艳的疲惫
这时，我看见了你
透过人群，你的遮阳帽
风吹落花一般的丝带
你的笑脸若有若无
填满我的想象……

1976年的母亲

第七回挺起大肚子，荣耀的母亲
似乎永不疲倦。晨曦落在井沿上
母亲踩碎的薄冰像一朵花
触吻过泥土，她笨拙
而小心地往木桶里舀水。我和妹妹们
才刚刚起床，第一件事
像一窝小狗再次挤在屋檐下
我们眼中的母亲，模糊
罩着清晨暖暖的光
厨房里蒸锅冒出热汽，我们闻到了
红薯和稀粥的味道
这一年发生了很多事
我们一概不知，母亲默默做着
迎接弟弟诞生的准备
不悲不喜，像这个平常的早晨
用过简单的早饭，她将背起
教案袋前往枫桥边的小学校
我一如既往地跟随
在她的身后，像一粒小豆点
连接着前一句和后一句
母亲的人生篇章，还在抒写……

针线活

她对技艺的专注，像屹立不倒的照壁
松散的阳光吞食一头白发，也吞食
纷乱的丝线。透过针眼
一只慵懒的棕毛犬看见了
纯粹的光阴。牛和牵绳的人走向田野
一群吃饱喝足的蚕宝
梦见若干年后的新娘，轻风
吹动门楣上的神符
水缸抖动了几下，院子里的
李树和天空也抖动了几下
祖母已经入画，她画下自己
一只针线筐，装满竹叶和稻穗

2016-06-18

四　月

一个叫粉刷匠的人
是四月里最可爱的人

那个粉刷匠
正四处里跑，他承接的活儿
一桩接一桩

花花，绿绿
全靠那把魔幻的刷子

第二辑

我们都将经受

竹林有雪

在南方，一直向往
此般的生活。裹上棉衣
脚穿滑雪靴，慢慢步上山来
天是灰色的，雪时下时停
仿佛我行走的节奏
都是我要的。慢慢地
我已经来到铺雪的小径
两边遍植竹子，竹枝疏横
雪和竹叶几乎达成默契
不多不少地覆盖
不轻不重地承受
竹梢微微地垂成一种弧度
白的雪和绿的叶
操持着各自的身份
林间的我并非多余的人

红泥火炉

我要继续我的雪中漫步
一边走，一边怜惜
这洁净无染的世界
最好，待天色将晚，雪已停
雪地靴踩踏积雪的声音
仿佛来自古巷，或更遥远
静谧垒得雪一样厚
我内心的期待也如雪
一样厚。在竹林的尽头
一幢村舍就是等我的人
他已为我准备下
一只火炉、一膛炭火
火苗映红他粗粝的脸
水壶嘟噜噜响，直冒热汽

雪夜造访

造访的主人一头白发
髯须短促，古人般粗犷
他有壮如松树的手
他有细似竹枝的手
在灶火间把火钳和木柴
弄得噼啪作响
转至茶桌时，他稳坐
冲水、分茶，已然博士
他示我雪前炒制的野茶
问我味道是香是苦
然后大谈这场雪的去留
诗还是在适当的时候出现
茶，因此有怆然的味道
感觉雪重又在屋后飘洒
火炉忽明忽暗，我们说的话
已有些杂和不着边际

溪雪时晴

雪来的时候，整个村子
还在烤红薯喝稀粥
香气弥漫，直到后半夜
“梦如何开始，雪就是怎么来的”
那位壮汉指着茫茫雪原
说出的话，颇有喜剧的味道
接下来，看太阳登场
它要沿覆雪的河面炫耀流彩
它要深入冰凌的内部
完成折射和重塑，这过程
其实波澜不惊不为人知
我们有一阵子不说话
眼睛不停地在村庄和更远的
原野跳跃，最后回到
这条溪。我们弓下身子
像小孩一样捡起石子
用力甩动臂膀，石子黑鸟般
落入水面，或者滑向岸边的草丛

踏雪寻梅

当他们在岸边甩开钓竿的时候
我选择走向另一条路
山坡不高，通向树林
旱地和墓场。雪并没有
妨碍我的前行，仿佛看见
十年前的脚印，父亲在前
我在后。再往前走，是祖父的墓地
父亲用力砍伐两边的荆棘
喘着气告诉我，你要记住这里
还有这棵梅树，它冬天开花
开得极好，你要记住
我的确记得父亲喘气后的咳嗽
被墓场的鞭炮声淹没
现在父亲也没了，他死于
肺气肿，一辈子烟酒不离口
我独自循着他的脚印
去找寻祖父的坟地
还有落满雪的梅花

2019-01-06

捕捉你围领上的诗意

未曾准备采访，我们
在走廊躲避
一场刻意的寒暄
我问，你最早的诗歌源头
最早的，谁曾触动你
谁的诗旨引领过你
义无反顾的爱恋
你说到的一位，大概我也会
认可，适合年少的舞台
浇灌过一个时代的饥渴
但你和她不一样
你有更无助的诗意
比如三七比如天麻
红参，未来的药性
越发奢侈。大抵如
今天的诗歌，从你
美丽的围领上捕捉到

观　云

最初，我在一张照片里
知道什么是锦云

一堆堆的棉花团
云的确让想象羽翼丰满

动物在梦境中彼此相认
山峰东倒西歪，夸张的花

不断妆扮自已的面容
书中的描述失去线索

月亮只是虚词，过去已经
模糊，未来仍未照亮

今日，白云高挂在头顶……

2021-06-21

高楼的最后一道工序

蜘蛛人吗？不是
脚手架包裹的大楼
几个人
从滚圆的钢管上踩过
爬上爬下
一遍遍蘸着草酸液
擦拭墙体
这是受洗的婴儿
即将看见的世界
以及世界眼中的他
美丽方物
拥有一切赞美
此刻的神
站在最危险的高处

2018-07-22

明亮的河堤

世界常常服从于整饬的力量。
多余的草，草根一样的狂想。
天空开始明亮，
房舍的白色外观不同凡响，
仿佛沐浴，仿佛
喜上眉梢的初恋时光。
五月的葱茏，潜伏在树叶间，
波光，无法拒绝云和倒影。
我理解的清澈之水，
它的丰富与接纳，
全在那盈盈的波光之中。

2018-06-21

整个山谷都在收听

从一种状态进入另一种
状态，雨将消失
作为美好事物的可爱面容
我以置身果园的瞬间
为荣，我的花格子衬衣
和习惯风尘的运动鞋
以被雨滴濡湿为荣
如何留住刚完成的直播
如何回味这场意外的恩泽
田园犬的行走线路
即我的选择，不断深入
枝条和带锯齿的苇叶
像感知天象的一条线索
我所获得的雨后
是一场爱与不舍交织的叹息
整个山谷都在收听
一切那么静谧、低调
雨水渗入沙土
更多的雨水洗亮了叶片
青色的果粒不知不觉进入
衣食无忧的时节

余 晖

将落未落之际
有多少人
想抓住它的尾巴

身　份

青春正在丁公路口消失
车流飞驰而过，行人也
无暇顾及。这个寒意未消的春天
你突然感到大如夕阳的落寞

为什么会在乎别人的眼光
你刻意穿着的艳丽春装
你描画的蛾眉与众不同
却没能遇见那个向你回头的人

是让马克拯救了香黛尔还是
香黛尔为爱不得不选择
诺曼底沙滩的那一幕更像
每个人的现实，关于身份

拥有的与失去的，都在
片刻之间。“轻飘飘的所谓深情”
才是今晨的我们，有时
自我沉醉，有时又不知如何处置

游戏虚拟，但我们不曾放手

所以才有那么多的低头族
手机控们，你刻意美丽吗
你看路边的烂漫春光有谁爱惜

死于自己

——致列农

那背影已经远去
丛林和湖水都不是阻挡物
他或许还在另一边
继续他的歌唱与弹奏
继续他的东方式的爱情
1980 年，我那时很小
并不知道关于他的死
和那首《永远的草莓地》
有什么比自己杀死自己
更悲哀更自豪呢
音乐，从来都不只是平静的水
何况是摇滚，曾经
在那样的时代。我只是
一个小屁孩，能知道什么呢

小　雪

这一天，如果没有雪
我将奔赴一场遗憾之约
你站在门厅外
那棵热爱风的杉树
青翠的刺并不是为了守护
你需要承受一些什么
比如说冷冽的月光
比如说雪，米粒般的
洁白，厚厚的信笺
使你看上去更美更忧伤
雪会清除曾经
小心营造的障碍。你和我
遵从着一个守则

风过处

风过处，鸟群追逐它的影子
荒芜的原野将走向反面
久违的安详、暖意，村庄
传递给我们。远远地眺望

2017-11-27

倒影是我无法拒绝的幻境

我有无尽的沧桑
无法说出，我伸出手
你看见的无非是你
看见，与他人无异
倒影才是我
无法拒绝的幻境
在其中，漂泊数完最终的
数字，我混沌的人生
戛然而止于今日
秋天多高远，空气
只有澄静的时光
可以与之匹配，我凝视
一片水域
如凝视今日之我
面容即内心

中　年

麻将散场后，他们找一个地方
喝酒，然后散步，顺便把酒散醒
树荫巨伞般将俗世与神明分开
他们的神态处在醉与不醉之间
步履蹒跚，头脑如在水中

月光开始撒欢，调和他们
言不由衷的交谈。麻将场上的趣事
一遍遍复盘，大笑，像曾经的少年
当他们感觉失态时
突然噤声，长长的静默，不知所言

重新找着话题，却无法轻松
人生进入另外的半场，亮光都
在从前，才发现已经没有更多的
内容：譬如婚姻，半死不活
奇特而唯一，孩子不容你去挂怀

举头而望，有多少你想要的月光啊
你伤心于它的荒废与流失
你日渐稀疏的头发啊
溃败已不容置疑占领了你的中年

咖啡的香气弥漫整间屋子

我终于把一袋
炭烧咖啡的缺口撕开
人生近半百，这是
一件很大的事
我一直与咖啡无缘
我爱的是茶
就像改不掉的农民本性
但今天
我做了一件很大的事
当开水冲入杯中的瞬间
咖啡的香气
弥漫整间屋子

这光的神奇，会染及万物

这是春天定义的清晨，光阴萌动
夜里染黑的山峦，被
第一缕阳光拎出来洗涤
衣袖的褶皱，由暗而亮，由青而绿
这光的神奇，会染及万物
花蕊，花瓣上的细彩
一滴水珠，闪烁宝石的质感
春生的雏鸟，温暖的绒毛
燃成一簇淡绿的火焰
一茬茬收割，被掏空的村庄
这一刻被赋予新的内容
炊烟升起，家畜们冲破围栏
丰腴的河水像贴近床铺的孕妇
生命的光亮如此充盈
更远处，农夫荷锄的背影
由长渐短，直至
完全融入脚下的泥土

我独爱那一份流水

那个叫春的楼盘正在盛大发售
桃花李花支起万千幅彩旗彩带
蜂蝶们充当了售楼小姐
园子里人来人往，好生热闹
你只是那些不愿意扒皮的
人的影子，绕开人群
朝近旁的小路前行
喧嚣渐远，一片竹林出现
你是陶令今日之客
头戴方巾，青衣布鞋
天生保守，小心翼翼
你早已知晓一只竹鼠
香甜的梦境
尽管那根须交错的泥洞
仅容一身，但你知晓
林边溪流，有风吹竹叶
便是好梦
你独爱那一份流水
那里有风吹竹叶，沙沙作响

我看见一只枯叶蝶

去年秋天，矢车菊开得极盛
我看见一只枯叶蝶
远离了花瓣、叶片和树枝
这些它热爱的地方
选择粘贴在窗棂外粉色的墙壁
它那么显眼
毫无隐蔽可言。我断定
这是一只负气出走的枯叶蝶
为情所困，或者
被无中生有的语言攻陷
引以为骄傲的涂装
近于污名
决绝是必然的，没有比
心死更深的决绝
它已不在乎暴露，不在乎
一只捕捉它的镜头
令它献出所有的秘密

在春天，我是一个信义尽失的人

天空变幻莫测，像一部大书
蕴含雨水的丰厚、阳光的清浅
修辞不厌其烦
堆砌花的楼台和我
无由的担忧，它倾斜
向一方怀孕的池塘
不可思议的绿色四处逃窜
仿佛火，风中的野火
无法控制的慌乱
暴力狂虐过四月的乡村

我克制不住要撕毁当初的诺言
清心寡欲，终日诵经
为获得一次顿悟守株待兔
在春天，我是一个信义尽失的人
经不起李花杯中醇酒的诱惑
媚人的鸟声，曲溪盈盈的温存
在一页发黄的经书上，我写道：
一匹发情的母马
遇上她轻佻的主人
无边无际的原野，他们四蹄生风

我沦陷在雨城，整整半月

我用轻度的抑郁，对抗
灰与绵软无力
把眺望关进舷窗，把塑料制品
统治的世界反复揉搓

我有可供品尝的孤单
一本书，可以代表什么
余香散尽，冬日尚未走远
雨中的水泥路面
闪烁唯一的亮白

时骤时歇，穿越我是痛快的
纷纷扬扬的马匹，针线
将旅途拉长又团起
始终冲不破你加持的困境
我沦陷在雨城，整整半月

2017-03-18

雨，在荷塘上的奏鸣

一场雨下下来，是瞬间的事
我准备下扩音器安放于每一朵花的蕊间
只等雨点在绿叶上的奏鸣
细小的变得响亮，响亮的更加宏大

我醉心于这场恢宏的叙事
像即将到来的盛年，疲倦的波峰
而后消解。“水面清圆，一一风荷举”
雨意停歇，兰舟重新进发

我凝神这场奏鸣曲全部的过程
音乐的尾声必然是
风吹荷叶，水声哗哗，渐小……
荷塘上空复归长久的宁静

在春天的注目下

在春天的注目下，街道有变幻的习惯
孩子们匆匆的身影，在追赶
时光的轮子，他们的可怜多么小
小得可怜。艾伟特公司的员工
一边嚼着面点快步蹿上即将起动的
班车，一边摸着口袋，生怕落下什么
有人在拆迁鸟笼，更远的
郊外，八哥在牛背上自乐
李家三叔穿过田塍
开始在地里捣腾上年留下的那点积蓄
油菜花黄被一夜东风吹得差不多了
梅江公园更像个公园，退休的
文化站长召来一帮人
要用丝竹管弦颂扬这个时代
仿佛要开宴了
牌桌前聚满了有闲阶级。槐花
簌簌地飘落，落在恋人的肩头
也落在桥墩下流浪汉迷茫的脸上
“我寻找的生活和诗意”，他对着
自己说，仿佛
一个病人对久病的透悟

仿佛，我们都被关在鸟笼里
春天一直不属于我们中的任何人
而春天的注目
始终没有离开，这个缤纷的世界

看着我们：春天祭父

如果可能，让我们也变一回无常
在七七之期，面对面地与你交谈
问你此去可好，道路
险阻且长，你吃的苦是否比世间更少
你习惯的酒是否常有；你的
夙愿：光明正大，不受人欺侮
是否交上了贴心的朋友，是否见过
比永宁寺更宏伟的去处。有一点
感觉：你似乎宽容了许多，不再
目光灼人，不再指责世道无端
你心境平和，让我们相见甚欢，你有爱
令我们踏实，仿佛可以握在手中
我们是你的儿女啊！姐姐说
给你点香，烧钱，奉上牲品，酒尚温
别太节俭了，好好享用吧
透过镜框玻璃，你一贯的威严
已刻在墙上，在神的位置
从前再无法回头，现在请你看着我们
将古老的仪式做完
在另一边，你看着我们

失眠症患者眼中的春天

做深夜里的一名思想者，非他所愿
不如扮演一回猫头鹰的角色
热衷于自然界的游戏，捕蛇捉鼠
在林中守候，与秘密融为一体
曾经，夜行人的咳嗽声
仿佛发自他不轻易蠕动的深喉
一根蜘蛛结丝的惊悸
眼看要扩散成黑暗的湖水
白昼中众多面孔他几乎鲜有认识
都说他的眼中有红彤彤的
锦绣，一闪而过仿如彗星
他始终没有抓住过。今夜
雨水为他提供了诉说的良机
渐次间，一场多声部的合唱开始了
一度令他兴奋
他感觉已经触到了艺术的界限
“闭上你的眼睛，用心听！”
这声音突然，却如约而至
遥远过去的一页
女教师美丽的面庞在教室的背景出现
身穿白衣的少年高声朗诵

"晨光叫醒了风，风叫醒了树，
树叫醒了鸟，鸟叫醒了云。"
那年春天，那个春天的早晨
他在回想中获得了片刻的拯救

温泉浴场

我们公然传递着暧昧
借助这
限定的流水，无法识别的方言
颠倒往复在锅盆瓢盘间
我们葆有无知的理性，赤裸相见
却言不由衷
流水只为流水

这些形而下的生活器皿
盛满地火烤过的欢颜
涌动的霓裳
像薄云贴紧天空的下身
这些精心设计的仪式
曾是史书中反复无常的约定
附会过多少受尽煎熬的灵魂

盛宴的结束始于洗濯的麻木
你只能用眼睛寻找出口
在热气消散的山谷上空
关于受洗的意义，无异于
一阵即来的冷风

无休止的
洗濯终将是无用

身边的湖如何被叫醒

仿佛有人催促，我们悄悄起床
“结束梦境，告别黑夜。”
布鞋最适宜此间的拾步
隐约听见木栈道浸入骨髓的回响
柳叶的投影比清晨的空气更透明
比漏过的往事更纯粹
绸缎一样的细纹，我说的是
水波，几乎瞬间结晶，又萤动如玉
惊心动魄。终于看见了
内心难以割舍的击破，一枚
裹藏辛酸的青杏挣脱了树枝
在落入水中的一刹那
它不知道自己如何回返成
一朵清俊的花；它并不
知道，酣睡的野鸭突然惊起
身边的湖如何被叫醒

山 庄

最悠闲的主人当属树荫下
那群黄鸡，吃完虫子吃谷粒
对着屋顶引吭高歌，也像打着饱嗝
水渠和拱桥是天生的一对
流走了怨恨，留住了坚贞，顺便
渡你往对面的山坡。李树
挨过了最苦涩的季节，以甜润的肉体
勾引过往的旅人。风是甜的
有时有难以言说的芳香
浇灌鼻息，舒活肺络，洗清心脉
至于这风，被香甜熏过的风
源于菜畦、小院或者厨房漆黑的灶台
没有人说得清楚。想想
那奢侈的炊烟、竹篱和石子小径
你无数次梦见过
但你肯定知道，在尘世的冰场上
滑出去太远，已难以回返

2016-08-11

赴险之旅

一封家书，令它心急如焚
穿过暴雨的利箭
它背负行装疾行
巨大的叶片，枝条的悬崖
人为的陷阱，它无所顾忌
一面湖水就在眼前
跳，还是不跳
思量已不重要，关键是
勇气。它想到了家
哪怕是深渊
它闭上了眼睛……

雨的断想

一

迷恋这种游戏，无数的线
并不纠缠，不需要忍痛割爱

清澈的另一面，你看见的
却是难以辨认的世界

你像燕子一样地飞，飞过
枫桥，光在身后坠落

你并不遥远，我拥有
虚无的穿过……

二

对着手机，吹潮一面镜子
原本清晰的你，你的侧影

枫林路上美景，盛年

不可复制，风华任我

更深邃的皓月繁星
悄然蒙上的雨雾……

三

五月的稻田羽翼丰满
头戴箬笠的少年
受困于泥浆手绘的花园

雨网密织，溪流
涨得像滚动的巨蛇
木桥岌岌可危
村庄不停地摇动

我的爱

我爱这千年陈腐的绿色
我爱这进退失据的河堤
我爱这江水混浊
时间的砂粒沉泛其中
我的爱，因为
这个暴雨骤歇的午间
面目全非

林中落花如雪

不是第一次，我在梦中
说道："雪会在春天复苏，
它乘着美丽的滑翔机。"
在金滩，旷野像张开的手掌，
树林包裹鸟鸣，
鸟鸣包裹我的左耳和右耳，
我欣然接受，接受
花如霰雪沾我衣的一刻。
而阳光
在林子上空游荡，或者
跳进绿叶的试管里。
我是这春光造就的病人，
倚着一棵树，
我在簌簌落花中洗浴，
在忽明忽暗的林间吐纳。
心中积存的污浊，
顺着脚趾渗入泥土。
草青如水，淹没我的脚踝，
淹没点点落花……

暴雨过后

一年中最粗暴的雨季来临，
河流失控，忘记了自己的形象。
我站在金滩长长的堤坝上
怀想秋天的宁静与清欢，同时
惴惴不安，暴雨伸长的手
捏面团般蹂躏着林子，
“它们会怎么样?”它们
是林中的鹭鸟，我见过的
最风度翩翩的绅士。祈祷
或者等待，一切如初
欣喜，绿色做了一次加法
树与树像靠得更紧的两个人。
鹭群在林梢闪现，
它们的舞蹈引来了更热烈的围观。

我们都将经受

因为我的新家，从几百里外
你开车回来，一趟又一趟
搬运属于我的时间痕迹——
也是你的，刻刀下的皱纹
粗粝的胡碴，不复再来的
青涩少年。就像我们
曾经多少次翻越的山冈

山那边花海无数，这边
已霜寒露重。无比真实的中年线
将我们和我们的人生分割
风过原野，我们都将经受
委顿与衰老，云聚与星散

席间，我们将酒杯碰响
从指间到嘴边，画出的弧线
似有深意，沿酒杯溢出
是疲惫，是步履的微颤，是韧性
从楼底的第一个台阶
拾级而上，我们所走过

漫长的里程，一直要继续

2020-01-13

第三辑

星光的聚会

仿佛浪费

星辰隐没于此，小心
守护着光。推门而入的
不是夜晚渐凉的风
而是神，诸如诗神、爱神
因为书的迷宫
众多的谜正等着他们
也等着不愿迷失的
人类，喝着茶，仿佛浪费

你半开一扇窗

依靠旧木头的沉默吗
依靠夜的指引
在你坐过的位置坐下
聆听如水的声响
悄悄滴落，又润物沉潜
我是你始终如一的
追寻者，带着荒原的满足
现在，你半开了一扇窗
外面热烈，里面安静

2017-07-28

星光的聚会

彼此阻隔在地名之外
我们是散落的星星
独自暗淡，亦独自照耀
一场山海相邀，一个
纸张文字天空海阔的现场
电幕变幻的脚本
呈现我们的生活，命运和渴望
从一束聚光灯追随的舞台到
不断被翻阅的音乐厅台阶
半岛的每一天都是新的
我们聆听穿越黑洞的声音
我们吃着多汁的桑叶
我们畅谈饥饿和觅食的感受
每一只握住话筒的手，不同的
口音，幽默或者大实话
你的眼睛，你的发梢
衣带渐宽以及遥远的他乡
构成这七月短暂的星空
一千只船帆
等待一千颗星光的照亮

提琴班的孩子

保持一种姿势，将声音绣在手指上
要防止唐泰斯逃出伊夫堡
将肖邦、莫扎特
和他们的天赋拧出水来
像最狠心的鸟一样飞过湖面
让所有的星期天毫无准备
对于那些喜爱跳房子、弹珠的孩子
我是隐匿于玻璃窗后面
未成形的手工制品
打磨的光亮中看不见我要的风景
我会是若干年后那场盛宴的主角吗
他们不会记得的
一张无法唤回的脸
我的童年被叠进一沓灰色卡片里

魅　惑

春天放养的孩子，又
记不住饭桌前的告诫

不要靠近陌生水域
不要与化装的蘑菇打招呼
不要盲目地迷恋蝴蝶的舞姿
不要误入藕花深处

太多魅惑，像
虚拟的游戏，明知机关重重
你却无法拒绝

纠错病

没错的话，香樟树不该
在春风中更衣；那些懵懂的
孩子不该转动花伞，分不清
晴天雨天。她患上了纠错病

当校园晨曲奏响时
她告诉我，这调子多么不合时宜
春天呢，应该有流水
有梦一样的色彩。听这曲子
像深夜，像对病人的安慰
更何况一整年、两年哦
没有改变过，这不是错误吗？

这不是错误吗？你总在说
在课堂，指着可怜的孩子
数着他们的失误，夸大一次
作业的不堪，书写潦草
或逻辑的荒谬。“把纠错本
拿出来”，你的病涉嫌粗暴

而那孩子的纠错病却关涉
这校园，这整个春天

翠微峰的纯真年代

垂暮之际，魏禧对他的弟子
和亲人们说：百年以后，
我会随明月清风与你相会。

当你经历手攀脚蹬抵达
荒凉而繁盛的四月之巅，
勺庭的荷池边，这句话骤然响起。

你停下，足足凝神了九分钟。
漂浮枯枝败叶的水面，
有四百年孤守者的照影。

虎耳草分明带着那时的体温，
诗性的人伦情谊只
属于他们，赤子的纯真年代。

所以才有如此多的喟叹，
就像清风也非彼时的清风，
那么多的竹修直却了无生气。

以及一行人寻访的意义，

故事遥远，对应物尚在空中，
我们这般漫步几成稀缺。

候课时刻

赛课进入茶歇
会堂空旷
靠后一角的评委们
放弃正襟危坐
开始闲话
天气啦衣着啦儿子啦减肥啦
大家笑成一片
轻松和戏谑
回归生活原有的模样

撕时间

黄老师教孩子玩撕纸游戏
一格代表 10 年
已经过去的必须撕去
吃饭睡觉娱乐运动
浪费的必须撕去
剩下的会是多少呢
给实现梦想留下了多少呢
孩子们开始体会
时间的珍贵
有一个孩子撕得特别慢
而且越来越慢
他得了肾衰竭症
浮肿的双手
在代表时间的纸刻度上
几乎停止

2018-12-28

白驹过隙

非常有意思的是，麻雀们
可以在礼堂里自由飞翔
从舞台的阁楼飞到后墙的梁上
是不是因为它们扇动翅膀
鸣叫声随天花板的碎屑掉落
这座始建于 1997 年的师范会堂
因为搬迁搁置了装修
在座的人不由议论，你
却在想那时你在干什么
你离别多久，去往何处
回放一遍在此生活过的痕迹
多么有限又终生难忘
母校只是个影子，直到她的消失
重新踏入，仅是相同地理上的
异域他乡。江边，公路桥
水口塔正在修缮，新楼鳞次栉比
江水浑浊，不断变换的
另一江水流经记忆的门前
你及时拎出藏在词典里那个词
白驹过隙。不是说快，
而是人生的许多缝隙

你堵也堵不住——

2021-06-07

破冰之旅

异乡虚构了我们的旅程，在这里
一根线的串联多么伟大
彼此的陌生在一场脱口秀中
夯然瓦解，我们从此坚定
相遇的重要，叫出你的名字
如同叫出一朵花和她的美丽
当我们从一个孤单的名字
变成一个闪亮的团队
当我们共同完成一次
争分夺秒展开的竞赛
当一根细线变成一个
巨大的转盘，我们已经
能够承受所有人的重量
蹲下来，坚持所有人的坚持
每个人都是力量的贡献者
破冰，从心开始
温暖与信任，从心蔓生
成为超越想象的一家人

2018-01-18

致白家庄小学的一畦麦苗

谁说只有坦荡无垠的田野
才适合绿色葱茏的铺展
谁说只有经由农民的劳作
才会结出沉甸甸的穗粒
春风荡漾的四月
在这所北方校园的一角
小麦即将吐穗
舒展的叶片仿佛来自
水粉画中最纯粹的表达
生命之绿如火如荼
请停下你匆忙的脚步
请你在经历课堂的洗礼之后
放下疲惫，请不要
吝啬你的目光
如同接受轻柔之风的抚摸
你将获得一串青色麦粒的赠予
在绿意奔放的瞬间
关于生长以及教育的启示

爱莲说

与那年春天一样，莲藕刚刚下泥
水田像一张透明画纸。你憧憬的爱情
如画中的六月，开花，结籽，倾倒万方
但水生说走就走，留下你和一所小小的学校
在荷塘与山林的间隙，子归的鸣声不下千回

不下千回的呼唤终究没有回音
你埋头，渐渐习惯于日升月落，习惯于
把粉笔比作眉笔，把一池荷香当成梳妆台前
的胭脂。四村八邻的灯光依次歇息
你赶在回家的路上，盛开的莲花擎着灯盏
开败的荷梗为你驱赶过黑暗
十年一晃而过，你有了小莲，一个乖巧的
女儿，命运无非轮回
却实实在在给了你不尽的欣喜

作为一个即将退休的人，你依旧温婉如莲
走过开满莲花的田埂，人们说你在温习当年
你依旧爱喝那熬得喷香的莲子羹
你还教孩子们放飞荷花灯
你没有离开过那所小学，那个

以种莲出名的村庄，爱莲是你的名字
有人曾当着一个记者的面讲述你的故事

复古书院

多少记忆死于无知与暴力
多少血脉断绝于赓续的高崖

眼前，是一幢簇新的仿古建筑
有水榭、亭台，篁竹、幽草

在当代的时空里
象征物，纪念尚属难得

我所关心的，一座复制品
流失的光阴和真实的部分是什么？

2021-06-09

年轻的你

你们三三两两的身影走过来了，
经过夏日的香樟、女贞与龙爪槐，
全是清新的青春的气息；
经过花坛、楼道、灿烂的走廊。
所有热切的目光
迎接你，迈向初试锋芒的舞台

年轻的你啊，身手矫健
年轻的你啊，满腹经纶

2021-06-08

天气骤变

我的车被接孩子的人群
堵住。站在树下等这一切过去
风突然大起来，我感觉到
树的摇动，树叶雪片般落下
家长，多么奇怪的一群人
妇女、老人，妇女、老人
我看见的都是这些脸
他们并不关注天气，即将
到来的寒潮令他们
措手不及。风吹动他们的
头发，来不及加厚的衣衫
为了躲避风面，他们的脸
有些扭曲，不说话，忍受
等待铃声响起的一刹那
像我，等待他们撤出包围
我和我的车终于如释重负

2018-01-04

变角色的孩子

从舞台上下来，他已
判若两人。那蓝色西装
完全不适合他
他只是一名一年级的男孩
顽皮好玩，一刻不停
冲老师撒娇，逗一下女同学
抱一棵树干也要
转几个圈圈，然后飞一样跑开
正上演的节目仍然
装不进他的小心脏
他唯一放不下的
是接下来，又轮到他
变回那个严肃的小主持

当我们走近

从一个课堂抵达
另一个课堂
偌大的空间吸引我们
来自电子屏幕和麦克风
仿佛高于我们的树
以及更具魅力的声音
清亮的鸟鸣
激励我们拥塞的耳膜
同时预留着午间的
饥饿感，偌大的空间
我们学习填充自己

通过他们

教育者展示自己的人生
岁月打造他们
他们打造容纳爱和责任的
校园。全部的人
为爱生长，多么美丽
我是说那些提供表达的
墙壁、草地、讲台，每一个
歌唱和微笑的瞬间
每一次反复又不同的精彩
一群一群的影像
彼此熟识，又充满想象

教鼓的孩子

我是老师，你就该是学生的样子
我给你写，我给你讲解
你恭恭敬敬，把脚收拢
把手合拢，只需要诚恳和聆听
开始动手吧，拿起鼓槌
像个勇敢的小王子
经历你所经历，用心
而不是迷恋看见
那张纸，仅仅是一张白纸
风会吹走它和上面
散淡的笔迹。开始吧
像一位真正的鼓手
最美的节奏就在你手上
两只鼓槌，洁白的鼓面
那是你的世界
尽情挥舞，敲响的世界

2017-10-20

我常常在门厅前驻足

女贞、杜鹃、紫薇、红花檵木
以及被放纵的草

调酒师们共同的杰作
午后微醺的感觉……

雨过了早上九点

它并不急于离开
门厅前的空地泛着光
女贞花的香
被湿气压实
香樟叶有无限的柔情
离别的过程
越长，我的心越透明

2017-05-18

内心始终是隐秘的

隐身于角落，或者依赖
一株广玉兰的庇护
铜钱草和马尼拉草
粗犷和纤细簇拥在一起
彼此亲近，又彼此独立
我们如此相处，不为
冬天，万物凋零的时节
只为春天，开放生命的绿
以及感恩
大地的厚实，阳光明媚……

我没有独自芬芳的意思

由青变紫，再由紫
开成洁白的绒花
春天注视着这面山坡
层出不穷的变幻
但绿色始终如一
我没有独自芬芳的意思
并没有
因为蕨草的肆意蔓生
而懊恼。当夜幕降临
黑暗悬于头顶
却始终不能进入我的内心

2017-05-19

鱼　形

多年以前，你就在这一带
游来游去。你的身后
围着一群不知今昔几何的小鱼小虾
这一带，你熟悉每一处河道
风掠过的水面或者暗流
杨柳变幻着经年的美丽
你有过的浪漫，与一段
花香草绿的堤岸牵手
后来，你爱上了那些浸润古意的礁石
你为绿藻和死去的螺蛳
刻下碑文。现在
你是年过花甲的退休教师
正领着我们走村串巷
在旧祠堂的背影里
寻找水迹、斑纹、渡口的遗踪
你打着手势，像一个说书人
传说中的鱼形山冈横亘在村口
“多年前我打那里经过……”
仿佛，你又回到鱼的时代

2013-08-06

永远抹去

他重复着写那一竖，有的像
树桩，空虚的支撑
有的像铁钉，那钉头经过了
反复锤打，但他不知道
钉向哪里。那里没有他喜欢的玩具
游戏，可能遭遇的传奇
只有一遍遍地书写
像流水线，他们的父母
曾经有过轻率的童年、少年和余生
现在他们无聊地站在书法室的门外
楼道的风一遍遍呼应他们的等待
为了抹去他们自己
永远抹去，那些线条，书写纸
瞬间被丢弃，正是
所有孩子无法幸免的理由

而后面的真实

简单的线条，五颜六色
他临摹一幅变形的风景
像周末去过的老家，又像
池塘浑浊，布满水草
普通得不能再普通的枣树
飞过的鸟，但绝对没有
一只鹿会那样安静，毫无防备
他画出娴熟的线条
轮廓，朝向臆想的美好
至于色彩，他尝试过
很多遍，他无法把握，红与蓝
无法调和，甚至走向反面
他几次抬起头
扫视周围那些同仁
他们的笔，各尽所能
鲜艳得如同花妖的食盒
而后面的真实，他看不见
有一种空白
让他始终无法释怀

2016-08-14

第一课

1

我将告别一个人的世界。从此
“你不再寂寞，也没有传奇。”
可是，我担心我的自由，飞鸟般转身
美妙的弧线。我将告别，喜羊羊、千与千寻
骑着白龙马的年代。我将开始……

2

开始一次冒险之旅。我的行囊只有一本书
但它会不断增加。像我认识的数，从零到一，到无数
像沙……充满未知与想象
我有无声的准备，也有无预期的惊喜
我提前学会祈祷
在夜晚，我要星光；在风中，我要芬芳……

3

我穿行在另一些翅膀之间，它们

和我一样渴望飞。我们逐个打量，谁有
坚强的绒毛，谁有柔软的角质
谁具备无师自通的魔法
我们获得的第一场教育：
天空如此广阔，一切慢慢而始，漫漫而终

4

我行进，或者小憩，在声音的草坪上
我必须适应不同的声线，悦耳的
柔软的，尖锐的，清新的，模糊的……
我在想着自己的声音，它像什么
也许像老虎吧，但绝不像蚊子
绝对不是蚊子的，那样令人讨厌

5

拥有第一场惊心动魄的想象
故事里我是当然的主角
再安排一位让人爆笑的男生
一只体形巨大的鸟，一枚卡片一般
飞来飞去的树叶。至于老师，我一直纠结
显然，那是个不同凡响的角色……

6

我用了整整一个下午
梦与色彩填满了我的脑袋
我已经记不起是什么课
也许是那位女教师的美丽长裙
和她温柔的话语成了想象的甜点
我已经彻底进入我所营造的世界……

7

科学老师走了过来，这一切才
戛然而止。我第一次迎来
不一样的目光，仿佛隐藏风暴
又波平如镜，最后
像一只扎线松动的气球
我始终相信我的妈妈，她同样
容忍了我的小小的错误……

8

“真的，我摸到一阵秋风了。”
我悄悄对同桌的女孩说，一片片书页
清水一样漫过我的手掌。此刻

我想到了假期，那样迷人的秋天
爸爸带我去的山坡，湖水碧蓝碧蓝
这个秋天又会怎样？我揣测……

9

想到假期，我会很自然地变成
一只布娃娃的模样
我上过的幼儿园，我的小小的木床
外婆与卡通书，过年与圣诞树
我的目光永远是隐蔽的
秘密与快乐一直在我心里
保持她的静谧、美好的容貌……

10

在下课铃声响起之前
我该描述一下教室的四壁
格言与画与规则
像森林中我熟悉的小动物
它们也会遇到小溪，也有
大自然善意的提醒
而关于黑板，我早已
想到天空，那样辽阔，充满未知……

晒地震日记的女孩高梦思

一

我所在的学校，幸运着
一千三百个像她一般大的孩子
无忧岁月，他们有沉重的
双肩，接受最实用的教育
平时，他们咏唱
“哪怕一片小小的叶儿
也要朝向明亮那方”
但如果有一天
灾难降临，他们都会是
坚韧的灵石，像照片中的高梦思？
我不知道
肯定也没有人保证

二

她晒日记，晒她自己
没有笑的脸庞
九岁，经历的灾难多么重

日记的第一段，我读到
一个姐姐的责任；第二段
她在摇晃中转身，下楼
背上的弟弟昏睡得像一捆稻草
第三段，父亲的伤口
爱与关切在错字中生长，仿如夏花
一名成年人，说出真实
尚且不易
何况小学生，要在一张白纸上
记录语言对她的考验

房屋在地震中倒塌
“田野很安全，人们都在那里躲避”
她写下，并
承受着一个九岁孩子的承受

2013-04-24

河　畔

孩子的手，梅江的肌肤
些许的冷，已没有冰的寒彻

你不再是那位整日
板着脸的小学老师，将
拗口的古文一页页翻过
春天新的单元
每一篇都是精美的散文和诗

我爱的诗句，正顺着
清亮的诵读声洒落河畔
化作青草，三五成群……

我在桐木村见到的夏洛

夏洛已死，夏洛
在这个夏日重生。
拧开土砖里的收音机，
它开始眯眼小睡。
那些焦躁的蝉声，
乱七八糟的鸟语，
池塘里永远喂不饱的鸭子，
仿佛与它无关。
最容易惊动它的便是风。
山林中的秘密难以猜测。
比如刚刚过去的那阵风，
猛烈得如同冬天来临。
它惊颤了一下，
手心里出了一把汗。
“天气够热的，也许吧！”
它收紧网丝
刚伸了一下腿脚，
一只飞蝇撞来。
“呵呵，不好意思，
——真的不好意思！”

这就是桐木村的
晌午，我见到的夏洛。

2018-07-31

第四辑

旅　程

光的小镇

在最近的阳台，一支灯柱
亮着橘黄色的光
更远处，晚霞正在退去
整个小镇，因为
那一支灯光
沐浴巨大而纤细的慈悲
无须看见
便能听到街头巷尾的市声
归鸟收敛翅膀
高耸的屋顶接受夜风的抚摸
船桨击着水波
游鱼悄无声息地穿过桥洞
更多的人，重复着以往的
生活。梳头，洗涮，驱赶牲口……
这一切，因为
那一支灯光，艺术的，神性的
抹亮我们眼睛的灯光
当你倚着栏杆
透过眼前发光的紫色花丛

美　居

时钟有一只童话般的眼睛
贴着色彩斑斓的墙壁
窗子传递舒适
爬满青藤，点缀花朵，冷暖俱知
每一栋房屋都有恰当的距离
可以互致问候
又保持各自的私密
鸽子像人一样在路灯下漫步
翅膀退化成装饰品
过于安宁的生活让它们放弃
在芳香四溢的小店门口
两条狗虔诚得像佛殿里的圣徒
它们张开嘴半蹲着
仿佛等待即将降临的神光的眷顾
台阶上流动秋天特有的气息
落叶自然而然，无须清扫
作为美的一部分
我甚至感到遗憾
那个地面的凹陷为什么
不深一点，难看一点

林中遇佛

在莲花山，在青莲古寺，心有所悟
并不轻易
许多清净的消失让我极不适应
佛龛是不变的，香客的数量远在
愿的实现之上。盛世修庙
他会在一场名利的喧嚣中
保持矜持与消停吗？林间小道
自有菩提的枝叶殿堂
我看见的智遁禅师身怀穿行术
忽左忽右，炫目于无形
我知道
他会在枯枝上打坐，或在
一只刚刚破土的笋尖轻诵经文
有时，我们是并排的两棵青冈栎
他跳跃，振翅，弹弦，仅凭
一己之能奏出空谷梵音
我翻开遗弃在藏经楼外那本
小册子，读到一段关于佛与儒的训诫
试图喊出他的名字
他竟浑然不觉，在甘泉池边
一畦青菜刚刚修完法会

他持锄离去的过程无声无息，仿佛
与我有过数千年的默契

塔的作用

巨大与安宁是说山
川西高原的山
称得上雄浑，令人
难忘，当然还有
藏在深谷中的
卫星发射塔
安静时无非就是
大山中的异类
在平常人眼里充满神秘
绝对而无端的禁忌
直到卫星升空的
那一刻，山摇地动
才有机会传递
塔的作用，大抵如此

面朝大湖

水波覆盖着水波，清澈
追溯着原初的童音
树木葱茏，群鸟和一脉泉流
无可争议
成为这方大湖的导师
我们有理由坐下来
面朝大湖，像一位朝圣者
聆听或者接受
清风的洗礼，忏悔我们的
过往，从此刻起
做一个纯粹的人

阿　婆

阿婆，我只要你眉梢一绺含笑
的皱纹，让我不至于伪装终日
在别人面前点头哈腰
阿婆，我只要你饱经沧桑的手指
轻弹我浑浊无光的额角
给我以排遣阴郁心结的点化
阿婆，我要你眼前坦荡的湖水
哪怕一滴，便可治愈世界的眼疾
阿婆，我要你一身的大襟衣
满身的华丽羞煞这时代的褴褛
阿婆，我只适合蹲在你的背后
做一个羞愧的影子
无人待见，泪流满面

2019-01-11

痴想，不被约束

我要租一个房子，守住
这透明包裹的一切。
过去的就让它过去，或者
以永别的方式挣脱曾经的混沌。
这房子是我的将来，我的
余生。我会在茶山的边缘
修一条花径，引一片水域，
造一个膜拜的神。让流云
守住它应有的样子。
不紧不慢，快也无所谓，
风雨雷电会善用它们的提醒。
一把伞在我身边，恰到好处。
我会在短时间习惯
随遇而安，听泉，坐看云起。
关键是这一切属于我，
像我的一束乱发，一根筋络，
一场痴想，不被约束……

夜，无从描述

我只是路过此地的飞鸟，
向往自由，无须说出名字。
累了，总有停歇的时候。
一脉茶香轻易将我捕获，
芳心已属，那棵奇崛的木荷；
风车来自堂吉诃德的国度。
我却在迷雾的召唤下降落，
成为一名归心的游子。
小布的夜安顿了我的灵魂，
寂静和虫鸣只是铺垫。
夜雨突如其来，让我
对山谷、茶园、神仙的眷顾
有更深的认识。一只船
正在泊渡我向梦境，
充满各种色彩，或浓或淡。
此地一夜温柔，
竟然让我无从描述……

2021-04-28

清　晨

勾刀咀山中的薄雾
没来得及细看
六点钟的阳光像一块魔镜
瞬间被驱散的
还有垃圾车的轰鸣
树林中未曾安眠的怪鸟
沿着原木步道
丈量茶山和茶叶的纹理
惊诧于秋天才有的景致
已经完成修剪的茶树
一垄垄一朵朵
仿佛丰收过的田野
盛年突然的顿挫
清晨，又将为新生备案

2018-07-29

香

突然明白，多年之前
错失了什么。

天意让我回返，故乡
或者过于亲切的、难忘的经历
勾起我的记忆
最矮的那面山墙下

淡淡的，出自真实的枝叶
不知名的花，
短暂的花期
我的确错过了，香——

2021-06-08

分发糖果的那个人

他是活动的组织者，他是大哥
热情与责任不容置疑
他有独一无二的高清手机
我们几个人
与任何美景的搭配
他拥有最快捷的决断
静等山水的进入吧
静等我们与一棵高山杜鹃
手挽着手，与一只淡定觅食的
雪鸡同构镜框的瞬间
我们因此有了相聚与亲密
的概念，他左蹦右跳
大呼小叫地指挥
为了完成一部风光大片
归途，他用微信传送
最精彩的一幕
每一个人，最庄重的时刻
仿佛儿时，那裹着彩纸的糖果
每一份糖果
都记录着时间，在那里
他不在其中，但他
正是分发糖果的那个人

风景太美，我舍不得离去

他们一再催促，最后
一趟缆车即将下山
即将带走所有的不舍
衣袖留不住的山风
一再冲刷你眼帘的冷杉
千万年衰枯又坚韧
的肉身。生命的奇迹
总会有精彩纷呈的形式
那些冰碛下超然生长的
苔藓，树衣海藻般迎风飘荡
让人置身前世的汪洋
你穿过一片乱石滩
火焰一样的珊瑚蹁跹起舞
你藏身于阳光照不见的
深沟，你是贸然闯入的大头鱼
所有新奇的世界令你
猝不及防，眼花缭乱
风景太美，你忘记离开
尽管最后一趟缆车
即将下山，你几乎听不见
他们大声的催促

山 风

螺髻山一年中最清净的季节
扮成独行侠的孩子，不被管束
从一个山头蹦到另一个山头
从冰川表面滑向溪水淙淙的隰谷
他飞奔的游戏惊险刺激
明明就在眼前，又遥不可及
他是锋利的影子……
稍停，我在一块巨石下
侧耳倾听盖过鸟鸣的呼啸
小心避开迎面而来的锋芒
但行至黑龙潭，面对
从未见过的一面湖水
我全然忘记了脸上的刺痛
内心的震动瞬间归于无形

树　桩

越来越多，越来越密集
与那些苍翠生长的树不同
它们横躺着身子，竖起的
只剩下一截残肢
千百年的血肉被天风骤雨
洗涮，筋骨暴露
我一度以为走进了
一座奇特的树桩博物馆
落日避开游云
用素描笔布下斜斜的线条
我嗅到了古画的气息
在画卷的深处，玄妙的线索
让我窥见天地涅槃的
瘢痕。世界不曾改变什么
一滴水，顺着凝碧的叶片滴落
瞬间溶入奔腾的雪山瀑布
沿途落满黝黑的石块
草色荣枯，黄花星点般闪烁

湖　边

一件蓝色水袖，经历遗弃
不舍和找回。现在，我站在湖边
广阔的喜悦，似细细的波纹
我已经忘却生活中还有尘埃
顺着洲角伫立的桅杆
宁静依偎在帆影的襟怀里
我长久地注视湖面的变幻
夕光一点点淡下去
树丛与湖与黑暗融为一体
湖水透澈，依旧令人神往

2018-12-25

旅　程

漫步在未知的小路
身旁湖水深蓝，山风冷冽

遇见四方云集的人群
赴一场云蒸霞蔚，心之所约

互相映照。当山谷安静
层林尽染的早晨
阳光试探着一面镜子

午夜的城市

还是 90 年代制造，太慢
这巨大的空调机
使你的城市渐渐凉薄

风微爽，无人的街
行道树吐纳着白天的污浊

这城，属于你的
原本有限
生命啊，除了无谓地浪费
不知将归于何处

2021-06-22

西塘的夜

西塘的夜
深陷在一杯鸡尾酒中

忽明忽暗
你的脸，充满暧昧

驻唱歌手

唱词、腔调与所有
配音器
并无二致。从发烧
瞬间抵达零下 5℃
一切因你而起
又与你无关
环伺舞台之下座中人
杯中是酒，暗施
放纵的良药
加速慵懒腐糜的进程
音乐无法稀释
台前的龙血木
有一双迷惘的眼睛

目光花一样洒满了你

就差凤冠霞帔了
最幸福的时刻
是你的新娘妆，红得
突然照亮河水
和波光里晃动的夹岸
绿叶铺满树冠也铺满天空
粉墙黛瓦，被装扮的
古街，都成为背景
衬托你的，还有
同里三桥，你裙摆及地
碎花撒满了石阶
众多的目光
花一样洒满了你的周身

摇着橹从远方而来

我的眼中只有水，水中的
树影、落叶、灯笼的红与黄
使这轻柔的波光
纷繁复杂，像梦一样
夹杂水乡的媚与愁
两岸春树交柯相连
想想游人穿梭的古宅深院里
举头可望的斗拱藻井
处处呈现这同构的意象
不知是自然启迪了人的创造
还是人复制了自然的天成
桨声如约，头戴箬笠的你
摇着橹从远方而来
江南，这一刻全在画里

窗中即景

漏过了雨雪风霜，也漏过
月光，月光安抚的岁月
在这扇空白的墙上
警醒与洞见被刻意标注
我在乎眼中所见
相框限定的风景，经过
匠器与技巧的打磨
石头不只是石头，它勾连着
绿叶、竹枝、弥漫的香气
以及厚重的时间之书
春光正好，生命透过指尖
一束凤尾竹伸展的细叶
风微微地吹拂

我在这里坐过

在这里坐过，石凳安然
宁静附加其上，也附加
我连日奔波的双脚
还未到达应该停止的旅途
坚守与执念促成
我对远方的眺望
但这一刻，我已放弃
尽享这午后的祥瑞
与一棵树保持距离
找寻青草蔓生的诗意
碎石路隐没于林间
虫鸟寂寂，阳光也不曾光顾
在这里，唯有安宁弥漫
仿如柳絮
遇见湿润的泥土
春天在夜色来临之际
收拢她的云鬓

寄给未来

夜色撩人，夜色是
平江路上
古意又阑珊的时光
漫步走进这个
别具一格的小店
书和小工艺和邮局
被有心的人设计
木楼梯通向博尔赫斯
称谓的天堂
代表时间、问候、思念的明信片
挂满抬头即见的
狭窄的空间
中药铺一般的投递箱
布满一道墙
你的他的她们的
寄往未来的信
安静地躺成美丽的童话
唯独没有我的
我不知道寄往哪里

丢失的日子让我找回

在一个春风沉醉的晚上
我梦见曾经
丢失的日子全部回来了
没有虚度的
没有被无休无止纠缠的
全部属于我了
对着天空发呆
漫步向画一样的绿草坪
落叶不多不少
不需要清除
像云一样绵软舒适
堆积成信手拈来可成记忆的
美好的一切
我将她找回
而且永不丢失

2017 年 4 月 19 日凌晨所得

亚布力的雪

一个南方人的喜悦是微不足道的
你没有想过要停止倾诉
谦恭或者张扬，方式不同而已
缆车关不住
那水漫金山式的令人崩溃的白
注目那些包裹中的村庄
钢笔线描一样的桦树林
它们的眼睛会不会与我一样新奇
黑影子像打在幕布上的光点，那么小
我甚至动用了瞄准器，从极顶
向下飞奔。不可能
就这样被两只滑雪板轻易划破
无边的白，仿如海上花
我这样描述，一边祈祷
一个南方人的梦境，关于雪
到底能够持续多久

2012-12-19

杨依村

一

途中，我们经过筑路工地
山被成片地砍削，装载车掀起滚滚
尘土。“这不是引导我们去向的路途”
拐过几道山梁，看见了河
翻新的田野，上午十点热辣的太阳
越来越接近宁静，村口
有我们想要的平常人间
妇女、孩子扎堆在屋檐下
青色的莲子如同诱出蜂巢的
蜜蜂，把玩指间，顷刻变成
白嫩的蜂蛹。如此戏剧性的劳动
不亚于一堂生动的教育

二

而那些古宅藏得更深，仿佛
白昼里的黑色星座，远离已知的现实
孤独是必然的，直到我们走近

门第之见依然森严
我们小心翼翼，拨开草丛的阻挡
仰视它的恢宏
或低头惋惜，风中消逝的芬芳
那些关于吉祥富贵的预言
那些奢侈的精工构造
在散落的瓦片上，先贤的足迹
已演变成后现代的符号

三

杨筠松建构的风水格局
谢元龙附会过的一朵荷花
如何进入我们一路上的故事
猜测，闲谈，不断丰富的细节
我们对残缺、破败持有的理解
不可阻挡地接近流俗
一行人从照壁和花窗的暗影中
走出来，复归简单的旅途
陌上生烟，河水泛着清光
遮阳伞在田间忽隐忽现
经过一阵好奇的目光打量，我们
寻找着回归的方向

题丹崖峭壁

紫砂，铁，道长的丹
血一样的红，红彤彤的红
浸染的一匹布
如何挂上去，展出来，收不回

我们所能触摸的
无非是石头的粗糙、水渍的印痕
丝茅草蘸着风擦拭悬崖
今冬的雪，已经越过了山脊

或大或小的声响
像滚落的石子响彻山涧
我们的脚印、留影、挨过的午间
来不及拾掇，无人知晓

带源古民居

跨过那道石门槛，这样
轻易地进入一个逝去的年代
麻石铺地，庭院巍峨
青砖暴露肌肤
朽木在窃窃私语
苔痕上阶，绿锈蚀锁孔
嗅一嗅前明前清的腐味
倚着花窗，无意窥见
一段前世的姻缘

午间阳光如凿
也雕不出那些砖那些木的华美
屋檐下的彩绘花朵
它的香，正一点点
被时间这个贼偷走

三人行

三人行走在乡野，准备将自己
走失。村庄如安定后的病人，狗不声不响地守候
顺着南瓜藤的触须，小路向前延伸
你一言我一语说着：往日重现
往日重现。你看朝天椒多么从容
白菜碧绿的叶片如此亲切，云雀从竹林飞起
一阵动人的响声。爬上山坡
满坡秋茅乱云飞渡，荆棘横斜
稍加辨认，你会发现打柴人干爽的脚印

鹤舞沙洲

一幅画存在我的记忆
它们向天而鸣，仿佛刎颈相交的
两个恋人，踩着碎步
夕阳浑圆，在它们的头顶闪光
细瓷般的波纹一圈圈
通往画笔预设的新房
现在，我亲眼看见了一个
无比广阔的舞台，漫漫草色
茫茫碧波。十万只候鸟的飞翔
为它们的舞蹈提供背景
哦，多么雄壮的孤独
使生锈的沼泽热泪盈眶
漫天彩霞饱含深情，让我们领受
记录，用神赐予我们的眼睛

石钟山眺雨听涛

下临无地，的确超出内心
承受的高度。视线之中
扁舟一叶，巨轮如掌，采沙船的
机械臂像春风牵挂的枝条
相对于绵延百里的湖岸
我只是一个点，我的眼睛
永远装不下这苍茫大泽
雨来了，一只猫的面容
慵懒、迷蒙，覆盖绵密的轻愁
它踱过的每一小步，足以将
湖与我限定在千米之外
此时，我听到风吹草木的声音
棒槌击石，奔马浩荡
无射与歌钟忽远忽近，出自
一支伟大的手笔，他的胸中
藏有经营千年的乐坊
当周遭安静，当雨停下它的
脚步，当时间回归书页
我屏住呼吸，一个遥远的声音
秘密穿过湖水的心脏

另一边

可以暂时遗忘，清空你
出行的意义
在于寻找另一边

干净，静谧，绿绸缎将你隔成
一个纯粹的世界
黑松林睒了睒眼睛，细瓷
穿过松针，你已
陷入刚出炉的甜点香气里
明知道易碎
不确定，无法挽留

你迟早要重觅归途
回到无可置疑的生活
但另一边的余味
似迷雾，排斥着森林之光

模　仿

暑气赶集似的从四面八方聚拢
在田野上空，村庄的屋瓦上
一年中最忙碌的季节
呈现在烈日的画布上，一会儿
抹去成片成片的黄
一会儿涂上浅浅淡淡的绿
勾腰弯腿的汉子是个作画高手
他不停地分插秧苗
身后，大片的空白在缩小
一只长腿白鹭从河边飞来
轻巧地落在画布中央
又尖又细的嘴一次次探入水中
衔起鱼虾和泥浆
时不时，抬头看看插秧的汉子
它刻意的模仿
使画布上的景物不多不少，恰到好处

河水，将潜藏

明晃晃的大太阳，镜子里
唯有火，而不见人影
众草疯狂，瞬间完成了对世界的占领
曾经肿胀的河水日渐消瘦
我目睹了一张蛇蜕的飘零
要躲，就躲进最古旧的天井里
与一部家族史一道
成为蛐蛐的绝唱。在七月
我只能做一名落寞的书生
沉迷于泛黄的纸堆
止步于庭阶与芳草
像河水，终将潜藏
在一面镜子的背面
在盘根错节的世道里
收敛内心的风暴

观鱼记

细察狐尾藻留下的
纤纤波痕，我几度迷幻
此处有奇景
异于他方，如乌镇、同里
风雨长廊亦是

渡口的石阶已现
烈日的灼伤，天空投下云影
搅乱了你的眼
一只小船缓缓而过
无言的水波
提示你，淡定，淡定

鱼在水面，也仿在空中
鱼成群，鱼亦落单
鱼悠游如坐禅的僧
鱼转身如过眼的雀
鱼尽享着鱼之乐……

你只是一个
观画的人，屏住呼吸

突然的手机声响
多么不合时宜
你恨不得用力摁住

2017-07-31

草堂余音

在杜甫草堂，我与大门合影后
径直进了园子，的确清冷了点
走走停停，甚至兜着圈又转回原处
循着导航牌的方向，我才
慢慢接近杜甫和他的草舍
孩子的喧闹声在冷冽的冬日
无异于春风解冻的河流
我愿意顺着水流细数划动的红掌
清澈的话语出自两个孩子的口
他们一前一后引来一群人
说不尽杜甫的故事
草堂的来历，战乱中的奔逃
诗史与诗踪以及园子里
花草树木，溪畔稼穑
令人称奇的是诗圣的诗句
从他们嘴里说出，每一句
都像是茅檐上的水珠，竹叶边
晃动的光影，遥远的诗魂
拨动聆听者粗细不一的心弦
在盆景园，在春夜喜雨的塑像前
在接近尾声的讲解中

我一直注意着孩子身边的
那个提包的人，他们的母亲
在十一月的冷风中
始终步步紧随，作为一名
特别的听众，他们心所欣慰
是孩子，是他们口中的杜甫
此刻，在草堂的每一个角落
诗歌的余音不绝回响

2018-12-14

在首都机场读卡佛

距离我们的飞机到来还有
整整三小时，我们坐下来喝水，
去洗手间。有人迫不及待
上二楼快餐厅要一杯啤酒
或者别的什么。我想起了行李箱里
雷蒙德·卡佛的书，我不知道为什么
会带上它。但我知道他是一名酒鬼
现在读到的他的处境
已远非从前，苔丝成了他的第二任
妻子。一个诗人能改变他什么？
酒照样喝，无非是换一种牌子
她自称深知他的价值，他似乎也同样
懂得这女人的重要。比如说
从他遇见她之日始，便突然写起诗来
甚至一发不可收。他们的浪漫
已不再是为糊口打几份工整日奔波
不再吵嘴，为孩子的事烦恼
不再因为出行找不到车而欺骗陌生的女人
他们可以坐着飞机
从俄勒冈到内华达，可以在咖啡馆
谈论钓鱼、契诃夫和海明威

他可以短暂地忘记从前，他的前妻博克小姐
与他患难与共，十九岁时生下一双儿女
让他过早地成为一名尴尬的父亲
一大堆劣质酒的空瓶和醉得
分不清东南西北的情景，也许就是
这个糟糕男人前半生的全部家当
不应该忘记文学
给予他不平凡的命运，他的
文学老师约翰·加德纳先生
经常当着众人的面一根接一根地
抽烟，这与他的兴趣有所接近
但的确影响过他的写作
比如对语言的雕刻，魔术玩得近于
完美。是的，完美的
这一切都得总结，都得总结
有人第一个看见登机入口的提示
乘客们纷纷起立，我必须
读完他的最后一首诗：
“尽管这样，你有没有得到
你一生想得到的东西？”当然是
爱与被爱，这世界给予他的
一个功成名就的家伙
幽默也好，释然也罢
终究扛不过疾病的折磨
他的身后留下两个女人无休止的

你争我夺，仿佛印证了他的早年

2012-12-10

第五辑

紫色花

山谷中的食客

早晨过后，太阳开始相授
一切，光与热同时勃发
田园犬的兴奋缘于此
一条小路的隐秘，而我
透过树叶间滚动的果子
仿佛听见了秋天轻敲的边鼓

的确有一个声音
来自向下的坡地，野杨梅
和苇草编织着一处
隐秘的所在，但终究
裹不住那声音泉水般地溢出

两只竹鼠午宴的情景
已经进入我的大脑，清晰的
画面仿如遥远的某一天
苇根和嫩枝被咀嚼
在唇齿间有一股香气
永远不会消失

我会迷失，田园犬

竖起耳朵，断断续续的
咀嚼声使其入定
山谷的风穿过寂静的缝隙

2020-11-05

果树指导

沿东山的小路，你开始
评点上冻以来的创作
这几个段落是经不住
霜冻的孩子，面容枯黄
身子单薄；山谷那一章
经过浓墨重彩地书写
枝叶丰满，像大唐的街市
漫步着一群粉面雍容的少妇
你环顾四周，雨气
正在山那边酝酿
枝头的嫩梢蠢蠢欲动
此节，你要加入
侦破红蜘蛛灭门案的细节
千万不要低估了潜叶蛾
哪怕动用无人机
天眼会帮助你识别
无处不在的宵小细作
消灭它们是唯一的
选择……你的描述
渐渐接近你热爱的主题
一株缀满果实的脐橙

如王，你是盲目的粉丝
你俯冲而下，脸贴着
颤抖的叶片，说道
快拍下这独一无二的镜头

2021-05-28

猫　事

那只猫像幽灵一样
有时在墙角，有时在花架
有时它慵懒得仿佛一摊
烂泥，有时它的警觉
令人如坐针毡。她尤其
讨厌夜里不可名状的叫声
那种黑寡妇的孤独
深渊般找不到任何光的痕迹
它从哪里来？所来何为？
她甚至因这种猜测
心有戚戚。她试图在一本厚书中
寻找答案，百度上有许多
凝固的面孔和象征
关于猫。直到另一只猫的
出现，它们耳鬓厮磨
在阳台上轻捷地跳跃
那样安静地共度冬日的阳光
她的心才渐渐松弛
那只猫不再是，那只猫……

2020-10-26

雨中的挖土机

当你停止喊叫时会是什么样子
我只看见了被雨擦亮的瞬间
你已纠正了一切
息事宁人的时间里，你变得
谦虚，弓下身体，是否有伤
被摁进砂土，融入大地
说不出喊叫曾耗损你太多的
激情，记不起努力过程中
你值得书写的传奇
秩序更新同样因你的成全
你有粗暴的右手，而
轻轻地熨平山梁的伤口
那只左手也是你的——

2021-01-23

苍　翠

这苍翠是无价的
多少未知，多少你冥想的究竟
被隐藏，而她独自拥有

不要试图揭开那
密不透风的表面，那不朽的长衫
十万棵松荫的高洁

加上这足以淹没一切的
春风，不要细说，不要
妄加揣测，这大写意的泼墨

紫色花

鸟声告诉我，你是最
落寞的一朵，周遭
荒芜，暴露于粗粝砂土

鸟声告诉我，生得
奇崛冷艳，却最美
那紫色，已是人间孤绝

鸟声告诉我，开与败
没有止境……

山　中

把身体融进去，只是
时间问题。每一丛草树
每一片石岩，每一处
云影、流泉、坟茔
终将与你相伴，而心
必是留在此间的稀有之物

2020-07-30

西瓜地

风触动树叶有瞬间的奢侈感
六月，我们告别一场无妄之灾
刚刚够得上的庆幸正在蹒跚而去
盛夏的放纵令人侧目，大水和
烈日未曾说谎，它们的快意
远超人类的幸福——这一年啊
西瓜地意外繁盛（我家附近的
果蔬市场，一车接一车的西瓜
排着长队）似乎预示着什么
我循着田间小径进入欲望滚滚的
西瓜地，内心的清凉多么奢侈
像隐者藏身在黄昏之后
坐下来，切开红色的瓜瓤
一场虚梦和不可知的汁液
尝一尝，但千万不要声张

2020-07-28

豌豆花开

我的白蝴蝶就要飞了
为了祭奠那些
干枯的枝条，衰败的
茅草浇着冰渍
我将献上翠绿的元宝
为春天伸长的手
我要越过篱笆墙
做一名肆无忌惮的少年

黑池塘

最杰出的书法家，在这个时代
并没有成为“二王”。我欣赏的
池塘，墨无须研磨，无须泼洒。
黑色已将黑色融化。

融入我的血液，用白胡子老头
一样的根须，这世间的万象
我已看透。我因黑池塘的滋养
伸长枝干，触摸虚空的天。

还有鱼鳖，还有葱茏的菜地，
我睽违已久的兄弟，你们的
坚韧禀性令我无地自容。
我先你们而去，赴一场泪水的盛宴。

黑池塘，我曾环绕你的脚跟，
无数次地探寻你黑色的瞳孔。
你黑色的源头，始终像
无解的书，打开，不敢碰触。

2019-02-08

金蝶现身

我认定西山坡一带的荒芜
未必有我想象的金蝶
不安于“滑坡”“塌方”之类词语的
危险，孩子们也终究没去过
但紫藤、爬山虎、三角梅这些不怕死的
呆子，对它们，教育是徒劳的
荣枯的道理永远藏身在
风雨的肆意变化之中
无人的夜里练习攀崖走壁
比赛吸引飞虫的伎俩，植物的原则
总有不为人知的家底
当一只名叫伊莎贝拉的蝴蝶
出现在一部耗尽风光的电影时，有谁
不想自绝于
五颜六色的草甸和雾气弥漫的河谷
拉紧的窗帘挡不住追慕者
也挡不住春天。在西山坡，绿色
大有决堤的趋势，如果运气好一点
迎面花事，金蝶便会现身
那么美的身影，一直
占据着我的眼睛

万花杯

我小心翼翼，托起
放下，保持对手艺的敬意
我会打探程序的秘密
和手上的时间损耗
那是惊人的，价值不在乎
浪费与拥有，以及
人生寂寂，独自进入的
险境。繁花亦如是
在慢慢损耗的时空里
很少有人看见盛开，很少
有人闻到调制的芳香
比之于镜前的呈现
或购物网的诱惑
我更迷恋开败前，花与花
被一双手无数次的勾连

镜中的雄鹿

镜中的雄鹿犄角峥嵘
但并非他的真实
从他穿越客厅，扔下
暴怒的时刻，他通过
另一个现实悄然平复
角也朝向柔软的角度
他甚至用一个吻
表达对平静海面的敬礼
他因此想到镜子之外
行色匆匆的人流
儒家涵养的政治
镜子终是水银的附体
雄鹿看见的他自己
一定滤过了有毒的荷尔蒙

林时益石磨

你对一群人说，你要
将枯叶收藏的林时益冠石
带下山，你知道
那是一只石磨，是一部
残缺、影影绰绰的个人史
你曾有过，更多人
有过，在石磨盛行的年代
我们近似于一头驴
磨盘中的陈谷秕糠才是
我们的生存之要
而林时益，我们常常
自诩的山间清风
依然没有改变
四百年前，再远溯至
两千年前的游魂
飘过林泉沟壑，逢人就说
我埋得太久，我渴望重生

竹椅的修辞

他被喘气病困扰
一辈子。每一次，他回来
从街市购物，从田野
挑回粮食蔬菜，或者从
山梁扛回一头黑毛野猪
母亲保持着灵敏的知觉
她知道是谁，一定是谁
粗重的喘气声，在卸下
手中物件时，父亲有一种
崩溃感，他急需依靠
母亲侍女一样出现，一把
竹椅，接住父亲倾颓的身体
堂屋里骤然响起
叽叽咯咯的摩擦声，那种
片状物与筒状物
无由组合在一起的噪音
修辞般精确，暗合
他们的婚姻，一直是
一直是，旷日持久的忍受
与飞扬跋扈的对决
直至父亲的离世

竹椅不再叽咯作响
这件父亲一生的信物
倚靠在老屋的暗处
发出幽幽的光

深夜的菊花

深夜的菊花，在清晨
仿佛换了一个面容
我驱车而过，掀起一阵风
令你说不出话来
你还是那朵丽如青天的菊花
在盛开的路边
一直有收藏的回眸
碍于登高，我疾驰而去
碍于登高
我被婉拒千里之外

2018-10-22

薄　霜

园中落寞，人去楼空
昨夜月光贸然凝结
薄薄的一层，细洒在
菜叶上、草地上
薄霜，凉薄的外表下
是否摸到枯草的温度
薄霜，是远去的故乡
在某个寒冷的夜里，故人
彼此思念与祝福
薄霜，在逐渐强烈的
阳光下，已是稀有之物

2017-12-18

秋林之寓

我们已寄身于
秋日的丛林
寄身于枯草纠缠的小路
寄身于偏东的山影
那曾经模糊
无法说清楚的物态
故事和秩序
仿佛在明镜里
瞬间清晰，一览无余
凭泥地上的擦痕
我们辨认出野兽的行踪
凭那清脆复沓的鸣叫
我们听出长尾鸟的清欢
泉水已近枯竭
但它清澈放送的意义
胜却春风浩荡
我们热爱这疏朗无隐的
山林，如同我们的中年
已无须遮掩和躲藏

2017-11-05

彼岸花，无法尽意的表达

多么纯粹的一次遇见
包括说出它的名字
山中的萧瑟不可避免
巨大的山影
未曾遮蔽它的光华

命运给了它等待的夙愿
给了它无可选择的歧路
枯黄与寒风陪伴左右
它已习惯整座山
做它孤独的花园

我经过，仅仅是偶然
就像诗句，经历自然的拾掇
我们惊奇于它的美丽
红如最后的火焰
极尽挽留它灰烬般的惋惜

山中的晚照多么迷人

2017-11-08

花瀑与流水

选择瀑布垂挂的方式
或者像两个人
习惯天长地久的方式
宠辱不惊地对望
且不管一身的繁华
在这个刻意为我加冕的季节
我真正属意的
是微冷的早晨、雪山的倒影
我真正属意
清如梦境的流水
恒星般照亮我的花期
我的萌动的内心
无须提醒我悄悄地离去
始终淡定
像那个遥远的古城

2017-11-14

一只蚂蚁

一只飞奔的蚂蚁
在镜头下，有时
四条腿，有时五条腿
当你看见它六条腿
一定是最安静的时候
我很少看见它停下来
除非它要思考
或者生活
必须保持优雅的一面

2017-11-08

风在活泼地走动

当我们走近路边的那些树
那些挂满金色果子的脐橙树
我们伸出手抚摸
然后摘下，让果实离开母体
成为我们体温与喜悦的一部分
金色的脐橙已融入
我们的生活
美味，满口的汁液和香气
我们短暂地忘记
日常的平与灰，毫无悬念
从来不曾感觉
风在山坡活泼地跑动

2017-11-14

梅瓣玉笔洗

替我整理散乱的梅枝
替我焐热隆冬的风
替我看顾笔尖下的墨香
替我铺开春的长卷
替我收敛光，炫目的光
替我授予一只青蜂
永恒的责任
替我守住一生的温润

2017-09-29

喜　鹊

她几乎没想要张开翅膀
从一根树枝跳到另一根
树枝，而后再跳回去
——这般愉快地游戏

她也没想要开口
说几句漂亮话，但心中
自有喜事。比如，筑巢穴于梅水之滨
再说，橙花已盛大如雪

我有小院与她比邻
一个人的午间，我小睡
喝茶，伸伸懒腰，指望她
突然间说出心中的喜事……

山　坡

山坡再次改变，因为夏天的授意
那些藤蔓、花蕾接近飞鸟的速度
伸展，开放，肆无忌惮
一些用词在此时碰上饶舌
风过的早晨，所有的声响
遭遇石头的反弹
你停下脚步，侧耳倾听
哪些是竖笛，哪些是琴音……

紫　藤

曾是我遥远的梦想
我呵护它，希望
像它那样有高贵的血统
蔓延于山坡、廊架
在春天，开出无与伦比的花
紫色的梦想，并不
局限于蜜蜂和金龟子
我的天空辽阔而高远
我有短暂的走神
在午后的课堂，我一直
为一丛紫色的花
着迷，不能自已……

2017-06-19

深　巷

所有都具备了
青砖、高墙，为雨滴所沉醉的
卵石，蛾眉绿漏过窗棂
逼仄塞满这老旧的时光
我一个人
站在另一个人悠长的尽头
只剩下想象
虚掩的腰门，夏花与石阶
在最适宜张望的地方
你踩着阳光的碎花布
进入我缓慢移动的镜头

风拂动你的裙裾
暗含忧伤的足音忽高忽低……

什么树

我反复问到那棵高大的
结着长扁果实的树："它是什么树？"
你一味地回避，顾左右而言他
一到秋天
屋顶上落满咧嘴笑的宝匣子
成群的鸟把那当成粮仓
端着饭碗的孩子一个劲地向上张望
有时，挑着满箩筐谷子的男人
在树荫下歇脚，点上一泡旱烟
大概是这样的夏天吧
粉红的花穗便烟灰一样落下来
还有一年，爹过世
没钱下葬，把他搁在树下
过了整整一个冬天
霜打得像细雪，好在
爹已经感受不到世界的冷暖
至于那棵树
我真的不知道它叫什么树
但咱们就这样过着
就像生活中其他很多事
咱都不知道

雾

想隐藏些什么？那些
独立于我们之外的树，我们一道
谈论的山石，刚刚凝视过的
一只钟表。大自然的
谜团，像谎言，更像真理
都是存在，只是
这一天我们被蒙在鼓里

有些树是清晰的，距离
我们一步之遥
像身边注定离不开的人
打着伞，收集被雾洗亮的水滴
我们伸出的手，感觉
树枝从身体长出
面对不确定的
悬崖，有些微颤抖……

消　息

九塘村的桃花开了，嫣红、粉白的
多像早起梳妆的你，你的脸
经不起一阵风的袭扰
也经不起小野蜂添油加醋地
发抖音，转微信，关于春天的
消息，瞬间抵达我的北方

谁会想到我当时的样子
踟蹰，迫不及待，心潮澎湃

夏　季

葱茏，蓬勃之势。被关押
在漫长分水岭上的囚徒
一旦获得自由，只能是
你淹没了我，我随波逐流

山脚下的路已然失守
来不及仰望
你一个人，成为孤独的源头

2021-06-02

发出绿光的苔藓

黄昏渐至，林中突然暗下来
我们小心翼翼，辨认着归路
记忆多么脆弱，那些
山石、矮树陷入空幻之境
一张网布满迷途
有人摔了一跤。“这么多湿滑的东西
还有光，祖母绿的光。”
哦，去年的一片焦土
春天来临，苔藓死而复生

发出绿光的苔藓
引领我们走出那片丛林
大路上灯火明灭，更远处
是市镇，是光的世界
但我们还在回眸
林中那微弱的发出绿光的苔藓

我想描述的水滴

离开山下的溪流，向上攀登
林木掩藏我们，像夜色掩藏着村庄
草叶掩藏更细小的事物
腐虫经营着家园，一粒芽苞
贴紧春天第一缕暖风的脸
木荷的根须悄悄伸长了一寸
此时，我看见了水滴的身影
顺着高处的叶片，手可攀扶的岩缝
一根枯枝的末梢
无声吸胀着自己的水滴，宏大的
行走和叙述与它无关

这是我想描述的水滴，悄然生长
在丛林里散落，秀着一颗
晶莹剔透的心。春天，你或许有追赶的
步伐。秋天呢，最干旱的季节呢
你慢下来，像丛林里回放的光阴
布施者，将爱给予最需要的人
萎缩的枝叶得以重新出发
这无声的水滴，我因此聆听，一遍一遍……

丛林中密布的根须

在林中，春天已安排好盛宴
无须细述每一个杯盘的奢华
味蕾与视网膜的战争
你置身其中，只为化作
独自清醒的一个个细节
在阳光与阵雨的催促下
手臂般的舒展，词语的纹理，丰富与嬗变
你一定惊叹于一种结果
你的脚下是漆黑的土地
而土地之下，却存在
一个倒映的丛林，由细小的根须
坚固的黑暗和不为人知构成
无边的水域，神灵从那里出没
细小的根须正在深入
它敏感的神经一旦被触动
一场风暴在所难免

独自开放的花

打开丛林虚掩的门，轻易遇见
溪流，石壁，浓云般的
春天的罗衫——灌木与杂草，午后
正摆放在山坡上晾晒
你闻到了雨季发出的霉味
还需要点什么？你的心里
说着，需要点什么

这时它出现了
一朵独自开放的花，在灌木与杂草的
间隙，像两片云朵间的月光
林中突然亮起来
一条路在眼前出现，谁的指引
已无须说出。而花的芳香
越过感觉的边界
隐隐约约
林中奇妙的微响

2015-03-29

第六辑

井中之物

竹　影

一路小跑，风穿过
农舍、芒鞋与软泥
风是谦谦君子，恪守着礼仪
去拜会竹林。风是
品鉴高手，它知道竹枝的纤细
如何符合美学准则
如何在中国画中摇曳生姿
文气十足。当然还有
竹叶，它们在空中舒展盈袖
然后被光线拽入水中
另一世界有无可挽留的
静谧，被濡湿的午后，旅人
他倚着竹枝，慢慢起身
镜中人，你的纤纤手指
由绿渐暗的脉络
而水波，只是水波

鸟　语

听到或者发生，鸟语
在不同的地方，不同的时间
林间、峭壁、房屋的
夹缝，清晨或者深夜
它们有不同的表达
譬如有一次，我们在
翠微峰，峡谷
将尽，树林疏密有致
蕨草铺满如床被
我们坐下来歇脚
放眼远方，嘴上说出
山风净化过的言辞。此时
我们听到了鸟的喧响
粗声的，婉转的，独鸣的，应和的……
没有害怕，没有愤怒，没有
伪装和对其他鸟的提防
我们微微地出汗
轻扯着蕨草绵软的细叶
愉悦如此真实

真君堂

我尾随着在水渠里捞虾的姐姐
像个影子，她不让我下水，也不让说话
我只能做一个被曝晒的影子
周围很静，抬头望一望真君堂高耸的屋脊
午间的阳光在那里闪了一下
像打过来的反光镜
直刺我的眼睛。我口渴，想回家
姐姐说：快了，就一会儿。她
指着还只有半筐的鱼篓，我的眼泪
就要流出来。真君堂就在眼前
仿佛可以看见清幽的神殿，闻到
沁人心脾的香烛味
姐姐说：你去吧，大蛇就躲在里面
我几乎崩溃，晕眩，闭上眼睛
我还不懂得祈祷。但这世界
的确有美好的东西：神婆婆
拄着拐杖、面庞慈祥的神婆婆出现在
庵边："孩子，到里面来喝口水!"
那时，已经能够听到
自己奔跑而去的脚步声了

云 下

停下修剪枝条的手
果技员交换成另一种表达
“一朵云，挨着一朵云
如同枝与叶的层次。”你常常
分不清诗人与果农的身份
“这才是最美的树型，
符合秋天的期待——”
你悠然一笑，天上的云
正俯视着人间，是否
看见了这两个人
在一片不大不小的果园里
接近泥土与诗的议论

2021-06-02

一小块冻米糖

建华死的那年，他十三岁，我十岁
看着他被埋掉，我没流过一滴泪

他一直带我上学，背我过桥
有时跟着他到桥下摸鱼
在松林里爬树，捉迷藏，然后
趁我没注意的时候，他快速吃掉
我书包里的一小块冻米糖
每次，都是这样，他甚至
把哭哭啼啼的我送到家门口
我告诉母亲，母亲说他家穷
然后，我照样与他一道
直到有一天他摘人家的桃子掉进池塘被
淹死
直到去年的一天，经过
他的墓地，那样荒凉
找不到他的名字，那么小的
墓地，让我想起以前
那一小块冻米糖

荷　香

开始，它们是迷漫的暮霭
悬浮在空中的光的羽毛
宁静
占据着最高点
那里，南风启动了飞轮
惊人的力量永远是那样蕴蓄
一种感召
使满湖的香气凝结
我停止了水中的漫步
船小心翼翼
所有的克制都只为
那不经意的一碰
一朵荷花惊颤的容颜
令人心疼
我靠向另一边，另一边
船变成容器
荷香肆意地滴落

黄　鼬

那时多好，我们手拉手坐在矮墙上
说着悄悄话。总有一双精灵般的眼睛
闪着光，透过灌木丛的枝叶，它的脸酷似孩子

而你的突发奇想，导致我们之间
一场紧张的追逐。像猫和老鼠，你是荧屏外的看客
叫喊声，尾随一团跃动的火

冲进柴房，穿过水塔下的孔洞。一堆乱石
像渴望已久的爱情，最终
安顿下它的惊慌、青春的躁动不安

一晃过去十余年，现在
再也不至于因为追一只弱小的动物
累得气喘吁吁。乡间，无可争辩地

成为我们最后的精神领地
——能被发现的东西越来越少
一只黄鼬的生存史，像映在纸上的波光

我们企图挽留：生命，青春，爱情

一张纯真的脸，一个忧伤的身影
我们挽留，自己在时光中的消逝

木　荷

那时我们是一群与世无争的隐士
在青石峡，树与我们无话不谈
落日大得令人心颤，我们用木荷叶吹哨
看谁的声音尖利有刺痛的感觉
小兰就归谁，做他的新娘，生一伙小孩
结果谁都拥有过，谁都不曾拥有。结果就是
鸟兽散，我们各奔东西。再后来，
一场大火把青石峡打回原形
只有石头与石头共进午餐
当我们带着各自的故事重新聚首，我们揣着
岁月分赠的礼物或悲或喜
青石峡，木荷有了新的容颜
山中无日月
自始至终它隐得最深

老　屋

黄荆轻轻吐出绿焰，接着
该是迎迓蜂蝶的时候了
那棵橘树，仿如民国年间的教书先生
信步在池塘边。水面印着
你的皱纹，那样清晰
渐去渐远的笑容撞疼我的心
石墙倾颓，青藤无处可依
壁虎的一口痰，将锁孔锈蚀
必须借助蜘蛛的帮衬，才能重新接驳
那根朽断的椽子。窗台积压
寄往从前的书信。在晦暗的墙角
神龛始终如一，脸再度映现
你的满头银丝仿若当年

荒　冢

长眠于此的人是有福的人，这样的晴天
天地有博大的胸怀，可以远眺一座尘世的奢华之城
田野口无遮拦，山冈手举雏菊
只需交代一只小鸟，即可与亲人直通消息
有福的人，请珍惜夜晚不请自来的月光，风吹灌木
泉声比想象的悦耳。一行人，走过路过
悄悄地错过。转过山坳，青色的碑石犹在眼前

垂　钓

时光委顿成博物馆里的空气
水面沉静，游云在此栖息，隐者不知世事的险恶
它悠闲自在，以吹泡泡为乐
手执钓竿的人，将鸿门宴设在水中
一场惊心动魄的猎杀，让我们放慢了脚步
一只山雉突然掠过水面
像石块落入草丛，扑棱扑棱的响声
惊起一片小小的水晕

映山红

几乎年年如此，带上雾气、露水
透明的天空，进入我的视野
如果非要刻上烙印，在那些痴情者的心上
那一定是你的红。可以簇拥整个四月
也可以星星点点，烧着了山冈
穿着薄如蝉翼，深得渲染之法
拥着甜蜜。你天性袭人，存在无我之境
却侵入我的体肤，令人呼吸急促，神情慌乱
除了躲开你的目光，我没有其他选择

山　谷

深深深几许，除了用眼睛判断
还可以用我们的脚步丈量。山路起伏，跳跃
向一头猎狗学习，穿行于茅草的家园
落叶的腐味，兽迹，苍苔的爬痕，云影
在高处俯瞰；人声似微虫，被时空消解。在深秋
渐入佳境的风，一阵紧似一阵，仿佛
要涤荡我们的胸肺，然后是我们的心

南山采橘

山坡连绵，起伏如微澜
无风，海洋的温情，阳光照着你的脸
让我们选择这样的季节相爱吧
在干草歇息的小路，随处可闻红壤淡定的味道
这个秋天：剪刀咔嚓咔嚓的脆响，令人
肃然起敬。铁在闪光，铁谈笑风生地织网
你像一个孩子，试图数清采收中的星星，却
身陷往事的谜团。面对满坡的橘子
你一次次更新眼神；你沉醉在
一种色里，酒酿一样，化开后只剩下醇香

八　哥

与乌鸦相比，八哥腋下的白和它的
额羽，像竖在街头的两块广告
那样耀眼。谁是绅士，谁是巫师
让整日沉迷于书本的少年如何分得清

细雨中，春天将一些细节慢慢抖开
蚯蚓在微冷的草根下转动身子，草色越青
越像农人眼里的刺，野花疯狂开放
引诱恋爱中的蜂与蝶。此时，八哥成群落下来

像一场陨石雨，砸在松软的泥土上
砸在毫无准备的牛背上，像不长眼睛的绣球
像我们的婚姻，充满偶然
无数悬念。不要怀疑时光的忠贞
无爱，但可以忍受
你看八哥的舞姿，啄食牛虻，梳理鬃毛
一头黄牛不过是一座山，一片落叶
与之相配，存在无法抵御的重量
但没有无法跨越的高度

我们的婚姻，在老之将至，谁可相依

流　水

防线缩了又缩，对于整个大地
冬天几乎把它赶进一只只螺壳里
不敢恨天空，恨积雨云的绝情
不敢爱一张脸，爱她偷偷俯身下来的
吻。与一把早熟禾为伴，毫不声张
经过蒙羞的溪涧，早已不是
那个喉结突出、刚刚变声的少年了
路边的喧嚣一阵一阵
可以撕破夜，但丝毫不能
撼动它的内心，像风吹不进玻璃

水　草

与溪水一般清瘦，探出身来
一针针缝补波纹和渠岸
它不知道这是徒劳的，北风肃杀
众草早早缴械投降，或藏身泥土，等待
春天预谋的政变。再找不到
可以以身相许的人了，谁愿意爱
一个寒武纪冰冷的躯体？流水无声
它的温柔，它的脉脉含情
始终无人能懂

惊　鸟

在村庄前的小路上，我们正用双脚
奏着独门乐器。一只鸫鸟
突然飞起，未来得及看清它的
身姿、羽毛的颜色。它已战栗着远去
鸣声曳过一小片空旷，像
一段光阴的消失
而你的惊呼，似乎早有准备
慌乱的神情被我捕捉
鸫鸟和一个少年
几乎同时经历内心的波澜

苏　醒

恰恰是最寂静的时候，我听到了
山林的响动。一只灰山雀
早前的梦，让它忘记了出声
但上下晃动的苇秆暴露着它的心事
兽迹渐渐被潮湿抹去
麂子放开了胆，再不用提防背后的危险
一粒粒草芽儿迷上了渐暖的流水
稍不留意便点出成串的音符
柴门大开，在越来越急促的脚步声中
母鸡舒展翅翼，一窝小生命即将破壳

爱尔兰风笛

响自遥远的国度，她是轻的
轻得需要神赐予的技能方可捕捉
我相信她已临近
划着桨，掸掉船舷上的雪迹
慢慢拉网，像天空收回连日的阴霾
衣着单薄的人，依靠一把铁锨
挖掘取暖。雪层和雪层下的黑土
有不同的声音，仿佛诗与历史
存在风格相异的旋律。我一直在听
橡树下两只狐狸的交欢
老希尼的目光
始终没有越过沼泽地的边缘

杜鹃花，已过了她的花样年华

春天将尽，来不及挽留
杜鹃花，已过了她的花样年华
不如在想象中回味
她的舞步，曼妙，清丽，光的晕眩
像一个人一生的美好
等你反身，慢慢寻觅怀抱的清风
雨后的彩虹。那些
爱情的存照便一片一片
随鸟声落下。终归是短暂的
你眼中的暮色压弯了枝头，泥土悄无声息

迷　雾

迷雾在山中升起，通晓清晨所有的秘密
你身披长袍，穿越中世纪的城堡
进入无人涉足的岩石罅隙。在巫师
与天使之间，选择后者符合众生信念
抚慰虫声，抹平兽迹，给受冻的山雀
盖上被褥。我的童年曾经空白
相似的记忆令我睹物思人，一双
丽日阳光无法比拟的手，苍老，皲裂
但有白发一样净白的慈祥
因为一阵风，你颤颤巍巍飘过山冈
山冈那边，十年一觉，沿途尽是芳草

水世界

我们有太多的渴望
要从打翻的天空释放词语
不停地诉说，以便减轻
内心郁积的沉重，赢得轻盈
你在瞬间变得澄净，像天使
放下她的高度
一面银镜里可以看见
远古的爱情，宿命，没有秘密
而暗藏的笑
属于沉船与贝壳，它们
拥有扑朔迷离的纹饰
拥有想象，无限丰富的逻辑
像我们的梦幻
无法拒绝，被一次一次描绘

暮光里的村庄

沿着略施粉黛的河堤
步入丢失的时代，木桥是孤独的
它负责引渡犯思乡病的人
当眼睛爬上电线杆四处张望
层层叠叠的屋顶已准备下虔诚
社神举起烛台，光在洒落水渍的路面
飘忽。像一粒安睡的果仁
夜幕布即将替换过气的被褥
微微凉意，夹杂着汗滴的咸涩
你看见石阶上的落叶
蜘蛛为饮井的月光抛下丝线
炊烟升起，它是温暖的
那些贴着灶台忙碌的女人是温暖的

枯　荷

再瘦下去，就只剩两只鸳鸯聊情话了
偏偏有人喜欢，此景象适合研墨落笔
写一幅疏简若骨的清冷。偏偏又不是画
置身于十一月寒冷的中心，曾经的十里荷花被北风吹尽
像贫穷困厄者的蓑衣，被一根木棒支着
干瘪的莲蓬，蜂群远逝，空留一个季节的幻影
我总是不忍，不忍在黄昏转身离去
有一只翠鸟与我对视，它一声不响地立在荷梗上
水映出了它的身影，水梳理着它的羽毛

大　雨

你在春天具有的魅力，令人无法相信
天气预报，或者想象，难以抵达的终点
在空旷的郊野，在房屋的夹缝，气势如虹，狂歌热舞
我们能够看见什么？筛子、漏器以及被洞穿的影子
求告者虔诚的脸，朝向一座灿烂的花园
铺天盖地的光华，你在节日里奔走相告
只求皈依于你的灵魂，相忘于今生
那样纯净与充沛，坦然以对你的世界
而我们，总有不尽的落寞。在世俗之外
看你奔跑，看你歌唱，看你疲倦后于水中打坐
卷起波浪。我们被支配的命运始终无法改变
我们默不作声，静待你不间断的拷问

蝉 声

绵密、清脆的声响一旦化作
吸铁石，便意味着陷落
灌木林被催情，荷尔蒙浓得
发烫，隐秘的山岩、流水
被一种黏稠肆意地纠缠
不由自主沉醉于声色犬马
我甚至关联到，狐尾藻之于
池塘波纹的贴面之吻
谁将谁引为知音，已不重要
蝉鸣以无解的魔力，行穿透
之功，在耳畔，此起彼伏……
我省悟般抬头，山影漫上
耳垂、发际，汗水来不及擦拭
尘世的种种均在千里之外
没有什么可以侵入，蝉音
替代了一切，沁人心脾……

鸟　声

鸟声放大了
山谷中的寂静
像海水里的
一束光
越往深处
海越幽暗

2020-05-24

蝉　声

记忆中，与蝉声琴瑟和鸣的
是午后，那间山坡上的教室
顽童们咿咿呀呀的读书声

2020-05-25

蝉　声

它将心事重重的酱汁打翻
一地的红色蔓延开来
它借助一支热力四射的笔
把铺张的夏日描绘
它习惯了村庄、街面、一棵
身形微胖的树隐身，它
毫无遮拦地扯开喉咙
最热的午后，日渐清凉的黄昏
都是它的练声场
有多少痛，就有多少欢乐
它要借机倾诉……

2020-06-18

夜的声音

我们坐在黑山谷的边上
什么也看不见，一口
深潭，一场无底的梦境
什么也看不见，但有
夜的声音，虫子的合唱
细如弦丝的战栗和
极尽安慰的笃实
轻轻的婉转的提醒
你放下了什么，你渴望着
什么，你轻盈地飞过
你已看见你想见……
虫子的合唱，夜的声音
与我们周身的黑暗
融为一体，无法分开

2020-05-03

与雨来一场竞赛

避开虚拟的游戏，他们并不
在乎雨中暗藏的刀锋

竞技场已经摆开，快乐
与刺激在无数的线条中纠缠

他们有他们的法则
自行车飞一样穿过

潮湿的巷道。与雨
以挣脱的自由告一段落

但自由永无止境
看他们左冲右突，看他们

盛开一样尖叫，他们
拧着雨线，甩出更漂亮的花

为什么不能主动闪避
不能停下来观看

这场畅意的竞赛
当我们相遇在小小的雨巷

春天的书写

紧随雁阵北上的脚步
第一声雷响
像无痛的手术刀
春天，已不可拒绝

细雨开始写春天的
宣言书，写田野朗润
写河水初涨，写
桃花林闪烁其词的爱情

雷声是善意的提醒
示意细雨带光的笔尖
写下无助不如写下希望
写下怨恨不如写下热爱

写下遍地的绿、繁花……

细雨中的呼喊

始终叫不出声来
被那张称为冬季的
月历纸，那个
忘我无云的晴日压制

细雨以它擅长的预言
敲开一扇扇
幽暗的门。蛇转动身子
青蛙睁开睡眼
李树复苏惊颤的神经

响雷越过红线，在午夜
替幽暗发出呼喊
而细雨始终是绵长的
它对春天的呼喊
类似于酒，类似于
一场旷日持久的爱恋

2019-02-23

流　云

流云的快几乎超出意料
世上许多事物如此
若非亲眼所见。我在茶园里
诵读春天，白衣飘飘的侠
翻过山脊瞬间抵达
我站立的位置。假定在另一个
地方，另一双眼睛看着我
一定是汹涌之水带走了我
我的消失反衬它的威力
好在，流云只是流云
它飞快的脚力除了令我惊叹
便是确保自己的存在
我远眺美的方位一直不变
那首关于春天的诗
在黄鹂的喉舌间逐渐圆润

坐看云起

果园的尽头，石墙像一个
休止符，适合劳作中的停顿
开始仰头喝水，往远处
眺望，更远的山和平底锅
般的水域。如果真的凑巧
在你畅饮泉水的刹那
白云像炊烟一样升起
而后弥漫，诗中的意象
不请自来。信手书写在
竹纤纸上时稍稍注意一下
韵脚，调整几个词语
便暗合了你的心境
拾金般狂喜或暴露野心
遥远的秋天并不遥远

一个追随你的人
正在通往乡间的路上

乡村记

1

打谷机闲置在
草坪上
一个男孩
指挥另外几个
踩得轰隆响
他们在练习成年

2

那些老房子
在挖掘机的拉拽下
轰然倒塌
你眼中，曾经的
美好时光也随之
一片片消失

3

一棵，两棵
再没有了
古樟树足够庞大
庞大到眼中没有天空
只有绿叶
一只蝉以树干为掩护
夏天正躲在
它的声囊里
不停叫唤

4

芦苇有锋利的锯齿
她小心地避开
只为头顶上
那一束细柔的芒花

5

一株脐橙已蹿过
头顶
你为之暗喜

而更多的，还要
奋力追赶
你蹲下身来，松土
去除杂草
察看叶片
像抚摸孩子的脸

2017-06-17

枝　头

一

透过叶片的是什么
是香气的不可一世
是橙色的霸占
是另一个时间的隔离
是对混浊的麻木的
心灵驱逐
当你发现自己的叛逃时
你同样庆幸
无可挽回
已是这一刻绝对的主题

二

一场多汁的口舌之欢
欲望呈螺旋上升，然后
崩溃式下降。在跨越
物质的篱墙后
只有形而上的场域

慢慢扩散，慢慢渗透
脐橙的青翠叶片
以及金黄品相的掩映
灌溉着你的无限困顿
故乡的概念在遥远中
或清晰或模糊

三

充盈与萎谢，你再次
拈起一对无关风月的词
你想到湖水的回落
礁石高出的位置
你看见菊花对残山剩水
的挤压。“完美的果粒
终将离开枝头”
仿佛洞见，关于
树和田园的命运
你在等待另一次的转身

2018-11-30

关于蘑菇的诗篇

一

一场稍暖一点的雨
过后，蘑菇咕噜咕噜
冒出草皮
但你并不容易看见
有心的人
才会发现
并爱上她

二

蘑菇散落于
草丛
样子可爱，更兼美味
而穿着五颜六色外衣的
你一定要小心
她们有毒

三

市上的鲜草菇
贵成天价
邻家妹妹一个早上出去
采回蘑菇满竹篮
再赶一趟集市
换回漂亮新衣裳

四

尝鲜之前
母亲和姐姐把草菇倒进水池
清洗，整整一上午
时间小心翼翼
等进了炒锅，放入小葱
一帮小孩
踮起脚尖往灶间瞧
早已口水直咽不耐烦

2017 年 3 月

与蘑菇的相遇

多数时候，我们都只为
追寻快乐，蹚过溪流，爬上山冈
翻看那厚如书页的蕨草
我们心中已有精灵存在，它们隐藏
习惯潮湿与暖风
在松软的草堆里搓洗脚踝
探出油亮的头颅向春天示爱

世上任何一种充满奇趣的相遇
大致如此。有缘的人
譬如我的二婶，一辈子
生活在松山岭
捡拾一篮蘑菇与拔回一篓青菜一样
而我们，漫山遍野地布下眼睛
最后却空手而归
与蘑菇的相遇，我们
留有的遗憾那么深

鹅　群

一

鹅群的敏感与高贵与生俱来
我很难靠近它们
在它们眼中，躲在
河柳的阴影下窥探
在滚烫的沙滩上逡巡
无疑是一个入侵者
有不可预测的企图
我多么希望
成为一名养鹅人
头戴草帽，手执竹竿
像举止优雅的指挥家
和着它们行进的节奏
在它们中间
一睹它们的高傲
王冠一样的颈项

二

一只孤独的鹅是我
童年的乌托邦
比之于一条灵犬的快捷
出没群星之下的
村庄、巷陌
我们更愿寄想象于
一对灰色的翅膀
它的笨拙憨厚如此契合
我们蹒跚学步时的模样
在午后的山坡
在我们无法企及的
大树之冠
一对灰色的翅膀
给予我们飞的渴望
遥远而迷人

三

柯尔庄园对于老叶芝
我们沉迷的象征主义
野天鹅所担任的角色
爱情，或者艺术品

代表脆弱，如水，如瓷
一碰即碎
五十九只野天鹅
已不再是曾经的那一群
时间和命运
改变了诗人的眼睛
古老的柯尔庄园
那些波光粼粼的水域
因为不断光顾的鹅群
因为一首诗
更加美丽，神秘莫测

2017-05-30

井中之物

一口水井，掏出
最耀眼的现实
碧绿的图画，清水
粉饰的星云
气泡瞬间冒出
成为怪诞的眩晕
审视与判断因为
一根黑色枝条
而不堪一击
不断修正的想象
无从落地
井中之物，如同
变幻的昨天与明日

2017-11-21

关于水的追问

三仙峰，姑且这样叫吧
九子中的四位在此隐居
自有它的不同凡响
石级、寨门、峭壁和山梁
与我们比肩而行
古意始终未曾远去
消失的是背影，山居
的时间之身，遗踪蛇行
板栗林带刺的小路
如同书中隐现的线索
“这么多人，最重要的水呢？”
我一直追问，而你
指给我看，这里是房舍
可聚首可纵论可喝稀粥
那里有田畴，可躬耕可制茶
水呢，如同九子之间
从未枯竭的情谊
涓滴乱世和久旱的大地
水是真正的隐者
沿石壁而下，藏身于
隰谷丛草，容天光

而显示风过云影
顺着你手指的方向
一方石池
落叶与黑泥淤塞
除了双眼迷蒙，给予
我们，三仙峰
水是无独有偶的想象

2017-10-28

附　录

另一条路

——以《踏雪寻梅》为样本观察依堑的诗

木朵

当他们在岸边甩开钓竿的时候
我选择走向另一条路
山坡不高，通向树林
旱地和墓场。雪并没有
妨碍我的前行，仿佛看见
十年前的脚印，父亲在前
我在后。再往前走，是祖父的墓地
父亲用力砍伐两边的荆棘
喘着气告诉我，你要记住这里
还有这棵梅树，它冬天开花
开得极好，你要记住
我的确记得父亲喘气后的咳嗽
被墓场的鞭炮声淹没
现在父亲也没了，他死于
肺气肿，一辈子烟酒不离口
我独自循着他的脚印
去找寻祖父的坟地
还有落满雪的梅花
(《踏雪寻梅》)

当路以另一条路的名义、形象、意义出现时，踏入这条路的人实际上已经预先支取了它定然会在事后给予的荣耀。这不是一条寻常路，这不是一条凡人都可以踏入的路，这是注定与众不同的路，这是一条路中之路。并不醒目的人意识到了自己的与众不同，自己撇开人群单独行事的一种可能性摆在眼前，仿佛千里之行始于一个被清晰意识到的开端。现在，他跨出了众人未曾注意到的第一步。这一步虽然冒着背离人群的风险，但一定会以某种特殊的方式给予行路人奖励。

的确，一个人突然意识到了至少有两条路（路的选择性，以及从包括罗伯特·弗罗斯特在内的先行者那里获得的关乎选择之荣誉的精神内涵）摆在眼前，而他可以选择另一条乍看不起眼的路，他就从众多的路人中间走了出来，成为激进的获取脚踏实地之实践意义的赶路人。然而这条路并不是头一回凭运气撞上的幸运之路，而是一条经验之路，曾经走过，现在碰巧有一个机会从人群中开溜（他摇身一变，从他们的陪同者变成了一个独立的跋涉者），顺道再去看一看。于是，这条路上到底有什么？这个人想趁此与他日后的读者分享什么？……这些疑问就迫使他正视当下的误入或闯进到底有什么可写性：路，背负着“另一条的”名义到底宣示着怎样的精神包袱有待舒展？

看起来，这样一条曾经走过的路不是主动召唤他，而是首先源自“当……时”的一个条件下时间的分蘖效果。人群其实已经在议定之路的目的地滞留了，开始与行路无关的钓鱼活动了，已经丧失了路的继续可入性。然而诗人偏偏要从这样一条路的尽头觅得时间的一个分支，捎带再做点什么，并通过后续之路来延展到此一游的个体使命。于是，他辞别同伴（却不曾避开统一时间范畴的磁力）去干一点私活，虽然谈不上背叛，但的确赋予了富余的众人时间一个贤者时刻：比看起来索然无味的钓鱼这样一件消遣活动更富有精神意义的寻亲之旅画卷般地打开了。

众人泯然于一个钓鱼活动的进度之中。这一个时间感已经变成一个条件而不是一个有待阐释的事项。读者要观察这首诗在后边的发展中，有没有首尾呼应的举措。诗人有去无回地踏入另一条路是否撇开了诗的开端最先预定的时间意味，而全然不顾地挺进一个个性化的经验时间之中？一个时间取缔了另一个时间，诗人彻彻底底地从钓鱼活动中消失了。读者好奇的是，在诗的后续发展中，诗人有没有可能营造一次人群中的呼喊，以便将时间往返回旋之力完整呈现出来？

最初，看得出来，这是一个被动的来访者，好像并不虔诚。但是环顾左右，读者会发现，他撇开人群，另谋出路，既需要勇气，也审慎地显露出自己被一股古老的力量、一颗孝顺之心所吸引。他来了。不经意的出现，似乎要比定时来到更具有敬畏之心。这是与古老的习俗和节气约定的来访不同的一次。这是另一次。这是多出来的、额外的一次。这一次，竟然使得来路非同寻常，使得曾经走过的路变成了另一条路，一条出神入化之路。

或许这是一个预谋。是他将朋友们或客人们请到预定的地方来钓鱼。他做东。在同伴们意兴正酣时，他可以不被注意地脱离人群，这是他早就计划好的。安排他们到这里钓鱼，而他可以去附近的特定场所走一趟。他在钓鱼的人群中可以是多余的一个人，人群失去他，并没有造成任何的影响，况且，他还有很多说得过去的借口暂时离开。他们刚刚开始，他的计划也刚刚开始，一切都来得及。

也许有读者会问，既然“他们”在这里只是一群过客，一闪而过，那为什么诗人不直接去写他的寻亲之行呢？用“他们”来做引子/幌子，来做一个条件从句，对于诗的开端，到底意味着什么呢？“当……”这一记响声有点像准点报时的座钟发出的不可更改的警示。要开始啦！当诗人打算写下一个贤者时刻所发生的事件，一件庄严之事时，他一定要回溯到一个相对可靠的时间起点，从那里那时开始诗意芳踪的搜寻。“当……”这一准点报时的闷响预报了一个你中有我的独特诉求。

“当……”这一有声的诱饵，在诗的第一步就抛出了，等待鱼儿上钩。条件从句的诱惑实在太大，就像确立了一条意念之路那会儿，岔道丛生，机遇繁多，诗人定然有大于一的选择，来给出一个富有纪念意义的具体事件。它既可以是他们开展活动的同一时刻所发生的内在事件，也可以是继此之后所延展的未知事件。他们占据了诗的第一行，但并不一定占据了诗的主干道。这是可回溯的紧邻主诉事件的一个前夕，待会儿，事件就要紧锣密鼓地上演了。从人群中走出一个生命个体，要开始讲述接下来发生的故事。“当……”这样一个条件从句既呵护着讲述人所处时间的真实色彩（他们成为贤者时刻的见证人），又悄悄地传递出即将旁逸斜出的轶事很可能来自众人浑然不觉的微观世界。

“当……”这一声巨响，也宣告了选择的来到。诗人做出选择的时间并不长，就在那么一瞬间，他觉察到这是一个选择的时刻。只是为了修饰这个时刻，他必须用他们这样一个群像来予以烘托。这当然是在制造一个例外。看起来，诗人的选择依附于一个他人进入某一状态的条件，是一个随后发生的事件。有一点万事俱备之后才轮到自己上场亮相的意思。如果没有他者的协助，“选择”这样一个谓词的分量就很可能变得更轻。因为没有“当他们……”这一先期事件的发生，选择也就不会发生，而没有选择这样一个经过头脑过滤的筛选，另一条路的说法也就不成立了。然后，一个人走在某一条路上踟蹰独行的样子也就不可爱了。

其实选择的意义还要靠另一条路的丰富性来强化。也就是说，选择这一谓词制造了一个重音，也使得时间发生了波折。读者对于另一条路即将抵达的目的地或一路上的风景充满了期待。诗人必须花费足够多的精力来夯实这一条路，为这一条路找到踏实可靠的出路。这条路必须具备一种抗衡性，能够与驻足在岸边钓鱼的群像等量齐观。将来读者不会因为跟随诗人的脚步而抛弃了众人之乐而心生埋怨。

实际上，从一个写作者的经验来看，“另一条路”这样的措辞并不能屡试不爽。严格来说，另一条路在一位诗人的诗学历程中很可能只能使用一次。这个词太能发出一种独特的嗓音，形成一个标志性的形象。尽管它在第一次使用时，有一种天然的自信，能够骨骼俊奇般地与其他的路区别开来，但是它的一次性效用决定了它必须慎用而不能反复使用。所以说，当诗人明确这是一个果敢的选择时，另一条路，就宿命般地成为唯一的路，必须脚踏实地地用好它。

很明显，这里将要讲述的另一条路也要抗衡其他诗人早期著名诗篇中倡导的另一条路的各种属性。它既是现实意义上的与众不同，也是文学史意义上的出尔反尔。而且，往深处想，另一条路的署名权，并不完全在于诗人一人。最终这里所具备的另类色彩、出众气质、例外状况，也可能是一般情况下授人以渔船的情景回放，在另一些同伴眼里，这一条路这一选择，见怪不怪了。也即，这条路对于诗人本身来说并无独占权，只是遵从了先贤的教诲，按部就班地重走长征路。举例来说，另一条路也可能是祖训之路，是祖训中早已规定的确然之路，并不是作为后人的戛戛独造。

诗人的选择并不是凭空得来的，他也不是时时刻刻都在做出选择。一经选择，这种有限的权力开始使用时，另一条路就自然而然地出现了。这很可能是一条在平时被遮蔽的林中路，不被人提起，也无从诉说的路。这不是一条俗常的欢愉之路、消遣之路、郊游之路，而是一个人深思熟虑之余要去面对的隐蔽的精神坦途。之所以说隐蔽，是因为这条路仅仅用“另一条”来命名，是不恰当的，也不够分量。它仍然处于一种未名状态之中，有待交代，有待命名。

诗人意识到了，这是一个甩开人群的特殊时刻，也是一个为一条路谋求出路的命名时刻。他要抓住这个难得的机会，用一首诗的分量来铭刻这一命名时刻、重述时刻。表面上看，他是从甲乙两条路上特意选择了一条，富有主动权，但是从这条路即将呈现的精神向度来判断，他其实是被选择的。既是作为一个儿子，被安排在这一条怀古之路上，也是作为一位称职的诗人被要求出现在这一豁口。“我选择走向……”这一果断的措辞结构，这一自我勾勒的形象，一开始是机警地脱离人群，随后就是雄赳赳气昂昂般地服膺于一位诗人应有的美学信念。他终于有能力逮住一个机会向先人告慰他的从容走来。

这是不同寻常的一次，例外的一次，但也是诗学意义上仅有的一次。这条路通向何方？他是心知肚明的。但是，这条路以何种方式铭记在心，以何种面貌呈现于诗中？这将是一个考验。路，以另一条的名义，概述出它的不同凡响。同时，向诗人本身以及他的读者抛出了钓竿：这条通路将是一件圆满的轶事言说的半径。在那个圆满的中心会是什么？重点不在于这条路，而在于以之为半径的那个圆心。那才是钓竿上应有的渔获。

他的选择并不是盲目的、随机的，去四处溜达一番，而是重温记忆。另一条路不是生路，而是熟地，不是死路而是活路。他有往返这条路的经验。这是一条怎样的路，值得诗人再去走一次？这条路的尽头到底有什么？这些问题他事先已经有答案了。正因为答案在先，他的选择才富有正义且理所当然，丝毫不用担心脱离人群的后果。如果只是以一个诗人的名义去另一条路上赏雪观梅，那就太矫情了。这对人群来说，会产生一个反讽的、不合群的效果，并使得诗人这个头衔在雪地里显得太过醒目而给人一点颜色瞧瞧之后的难为情。但是，如果是雪天里为人子孙的一片孝心坦白，同伴们将不但无话可说，而且会肃然起敬，敬畏这样一条林中路，尊重人之为诗人并未出格的浪漫选择。

因为其中巧使诗人的荣誉为担保，另一条路的可修饰性也就迫在眉睫：路上有什么？这是一条怎样的路？这两个问题仿佛拥有同样的答案。诗人将以过来人的名义介绍一路上的遭遇，为这条路的意义正名。这条路曾以死路的形式出现过，出现在“父亲”的嘴边。他担心这条路除他之外就无人记起，并且，没有他的引领就会导致亡灵无家可归，无路可寻。于是，熟知这条路的父亲诠释过行经此地的意义，并口气严厉地将它命名为告诫之路，要求人子牢记这条路，识别这条路，看得起这条路，舍此无他的一条路。

另一条路的可修饰性还体现在它是时间之子。冥冥中注定了他要在这条路上兑现一个诺言：这世上如果仍有一个人记得这条路，那就是他。从诗的开头，他们—我这种人称上的分别来判断，诗人并非夺路而逃（以诗可以群的反对者姿态另谋出路）。如果他要陷入纯属个体的沉思状态，完全可以在垂钓的人群中另辟蹊径，就以垂钓的方式、垂钓者的形象同样能进入另一条路或应许之地的意义范畴。他只需要在岸边寻得一个相对安静的位置，甩开钓竿，抛出诱饵，耐心等待，在那一会儿工夫中，亦可完成一次与先人的隔空对话。他之所以选择另一条路的分野，应当跟一个既定事实有关。他的确如诗的前两行所述，身体力行地做出了一个走向另一条路的选择。他的语言忠于他的生活实践。

他的选择发生于一个群体的时间之内。要摆脱这样一个共治时间的吸引力，就必须加大此次选择的正当性，以及另一条路的道德感。从文法结构上来看，诗的前两行预设了一种内在的抗衡/对峙模型：一方面，诗自上而下的推进要受到一个现行共享时刻的影响，当然，这样一个同步发生的时间感随时能够为行进中的诗人提供方便，为他合情合理返回到诗的既定轨道输送着时间上的电力，他可以随时回来（既回归人群，也回到诗的第一行约定的时间序列之中）；另一方面，另一条路将抵达哪一个目的地？一路走下去，会触碰到一些什么样的事物或情况？种种悬疑也为写作势能提供足够多的落差。读者等着瞧一个被塑造的贤者时刻会是什么模样。

诗的开端是一个开叉型的叙述结构。它既有可能是两条线并行发展，也有可能是顾此失彼的单线前进。读者在后续阅读中要分辨这种分叉型的叙述结构会否再继续重演，不断的分叉其实是在既定的条件中再创造一个条件，叠加一个意图。看起来因为新的条件的产生，而舍弃了旧的条件，但其实不然。正如道路两旁的风景，当人朝前走去，而风景不断退后，滞留在原处，被经历的风景并不是一众弃儿，它们仍然是以这条路为半径画出的轶事之圆的圆周。没有它们，以路为半径的可能性就得不到支撑。

但读者也要小心，诗的第二行所说的“选择”，并不是现有的眼前两条路的选其一。不是诗人罗伯特·弗罗斯特曾经历的那种选择。在这里当事人选择的对象不是两个类似标的的二选一，这里并没有对应于另一条路的一条路。另一条路在这里被选择，并非以舍弃它的媲美之物、相近之物为代价。在这里，选择这一行为的发生不是因为两条路散发出不同的气息而形成了差别，而是一个人决定去干点别的，以便与钓鱼的群体活动有所区别。他在其他人做出了选择、有所安排之后再增加了一个变数：他选择了做一点与众不同的事，从而做一个与众不同的人。他选择的动机因素其实跟一个行动或一个谓词对应的举动有关，他们甩开，而我走向，“甩开—走向”这两个动词/动作的差异性正是选择最初的本意，而另一条路无非是碰巧落实了这个选择的意思，替代了一条路萌发前的一个人强烈的冲动，促使一个人的选择的意念物化/外化为现实之物。

从语法上说，“另一条路”只是走向这个备选对象的一个补语、一个补充。一个当事人通过选择不同的行为动词而能成为不同的人。一个人在人群中，实际上会面临诸多选择，选择坐下，选择站起，选择看还是选择动手钓，甚至通过选择不同的鱼竿、不同的垂钓方式可以钓到不同的鱼种。选择的走向漂浮不定，这时的确很考验人中之人出奇的定力。但这一次一个人选择了去成为一位诗人，而不是一个垂钓者。于是人的形象的走向瞬间发生了变化，他没有成为动词“甩开”的制约因素，而是甩开人群，走向别的地方。这是选择的第一层含义。

然而，促使他做出这般选择的动机是什么？这就跟另一条路所附带的道德感有关。通常情况下，他如果不愿意去钓鱼，就可以去干点别的。四处走走，去抽一支烟，找一个熟人聊聊天，总之，不去钓鱼的其他选项都可以称之为去干点别的。但是这些所有别的却不能统称为另一条路。能称之为另一条路的是别的选项中显得别致的一个项目。很明显，决定他由一个普通人成为诗人的动力就包含着另一条路这种雅致说法中的哲学范式或人文主义色彩。

另一条路不是一条不归路（有去无回）。这是对眼前独一的一条路的临时命名。选择已经发生，既然要从人群中走开，脚下自然就会出现一条新路。鞋子与大地接触的一开始略显彷徨，稍后心意坚定的落脚点是条条道路的起点，但都通向另一条路。另一条路往往是对生活常识或经验的回避，而步入了一种文学世界的审美张罗。在现实生活中，对一条路的选择，尤其是一条已经走过的路，是不费周章的，是以效率为依据去衡量的。而在精神世界做出选择，就不再考虑什么效益与效率了。为了差异性，为了找到那个在生活中奔波不已而急需在文学世界尽快安顿下来的自我，赴汤蹈火，在所不惜。

另一条路并不是无名之路。它已经从现实大地上走的人多了也就变成了路的半文学色彩的道路瞬间变成了一种由健康的虚无主义气度所管辖的通道。现在诗人的角色被点亮了。他要朝向那虚无的精神之路走去。在这一重大分野之处，的确营造了一个悬念。精神的放松已成约定。接下来，他要出色地提供一个被另一条路所着色的精神归宿。于是，偏文学化的议事流程就要展开了。这被理解为一个人从人群中脱离而获得的实时奖励。诗意出现了。这时，借助于与他者原地不动之际不同的选择，一件陈年往事所积攒多年的写作夙愿就要兑现了。他将这样一个写作夙愿变成一个积极主题叠入这样一次难得一遇的庸常与庄严的分野之中。

但也要注意到，在这一分野萌动之际，选择的分量还不至于压垮生活中个人的价值体系。这一次选择还不至于严重得令人不堪重负。这不是一次事关生死的选择。巧妙一点的说法是，这是一个关于如何将一件家庭轶事叠加到后发事件中去的时机的选择问题。也许，在这条已经走过的路上，曾经萌发过一个要将这件事处理入诗的愿望。这个愿望可能压抑了十年之久。但现在他发现有一个机会，把它拽入当下的生活洪流之中，一劳永逸地将这件事有可能被遗忘的担心给解除了。仿佛为人子者曾经许下诺言，要将这里所发生的一切变成诗，他在十年前的这条路上就远远甩开了诱饵。啊，现在鱼儿上钩了。

于是，连读者也能感觉到另一条路这个称谓中所携带的轻微的喜悦之情。它掺杂着诗人终于有办法将一个写作夙愿兑现的庆幸心理。如果他不是一位诗人，他就没得选择。还没到往常祭奠的规定时刻，他会待在人群中不动，只需念头一想而已，没必要付诸行动，真的从人群中走开，两手空空，去与这条路上古老的魂魄接洽。另一条路这个称谓富有一种经验主义色彩，它鼓励诗人将它派上用场之后，赶紧行动，以不辜负这一称谓中应有的庄严肃穆。

我们甚至可以想象，诗人从另一条路去而复还之后悄悄回归人群时的不露声色。人群仍在按照既定的时间轨道运行，而他却额外获得了一个外旋之力，完成了一个由来已久的夙愿。他改造了自我而不为人知，这是多么值得庆幸的事情。这是生活的奖赏。如此这般之后，他也能从河塘里钓起一条活泼乱跳的鱼，但这将不再是一条简单的鱼。如果仿照这首诗所塑造的分野模型，在若干年之后，他又一次去某个地方钓鱼，就很可能不禁想起这一次钓鱼活动中的满载而归。在那一首诗里，他可能会回到钓鱼的人群之中续说无尽的渔获，以及人群的骚动，而将另一条路所遮蔽的诗的第一行来不及发展的其他可能性再现出来。

另一条路的客观性因为实践者的主观能动性而弱化。这并不是什么损失。这条路将不可避免地迈入自我的历史化的经验世界之中。在这条从他人时间管道中分流而出的叙述路径上，他将与心心念念的故人再度相逢。而这一次相逢将是真正意义上的另一次相逢。他等这一次已经太久了。这条记忆之路现在不仅仅属于父子二人的记忆共同体，而且外显为当代诗人的情感共同体。人们将因此而铭记另一条路上会有一个父老的形象，虚无而广大。这是忠于记忆并献身于表达记忆的具备诗学技艺的人筚路蓝缕所能获得的回馈。

2021 年 10 月

（木朵，诗人，诗评家，1972 年生于江西宜春，元知网创办人，著有《诗人观念的当代阐释》。）

后　记

一首诗的产生过程

曾有过很多次的写作经验，教育生活中的一点灵光或者教学过程中的瞬间启示，促成了我下笔成文的机会。也许该感谢自己从事的职业，教育与诗的确有着天然的联系。一年之前，写过一组童诗《鸽子飞过校园上空》，有幸被诗评家木朵所见。他为此写道："诗是一次完美的教育。""似乎可以给诗下一个简洁的定义：诗是老师。"对于作为一名读者的木朵君来说，毫无疑问，他的这番体验是来自诗本身的，是透过童诗所发现的。这是我的第一次童诗之旅，我把从泰戈尔那里汲取的所有养分和感恩一股脑儿地倾洒到这几首诗中，但我同时发现，教育职业对我的诗歌写作的影响多么深远，它已经不起明眼人的透视。在另一些写作过程中，我会有意回避我的职业，把自己装扮成别的身份，体验一回"生活在别处"的状态，但每一次或多或少都给我造成了心理障碍。也许是命定的吧！回过头来，回到属于自己的土地上来，透过我的职业，去思考关于诗的土壤问题：一首诗，如何具有你的职业血脉。似乎，我的职业人生与诗歌人生已经互相渗透，成了一个名副其实的连体婴儿。

2013 年 4 月，我写了一组诗，关于春天，关于春天的新生与伤逝。这组诗似乎受了塞弗尔特的启示："每天都有事物在终结，极其美好的事物在终结""每天都有事物在开始，极其美好的事物在开始”。每天如此，年年如此，春天也一样。在我的眼前，春天是因为中国人传统的那个“年”的过去而空留下的街道，是西山坡的荒芜和盈绿，是父亲的离世，是被春风裁剪的杨柳，是林中小道上身怀穿行术的化身小鸟的佛……其中的一首是《金蝶现身》：

我认定西山坡一带的荒芜
未必有我想象的金蝶
不安于“滑坡”“塌方”之类词语的
危险，孩子们也终究没去过
但紫藤、爬山虎、三角梅这些不怕死的
呆子，对它们，教育是徒劳的
荣枯的道理永远藏身在
风雨的肆意变化之中
无人的夜里练习攀崖走壁
比赛吸引飞虫的伎俩，植物的原则
总有不为人知的家底
当一只名叫伊莎贝拉的蝴蝶
出现在一部耗尽风光的电影时，有谁
还会妄恋
五颜六色的草甸和雾气弥漫的河谷
拉紧的窗帘挡不住追慕者
也挡不住春天。在西山坡，绿色
大有决堤的趋势，如果运气好一点
迎面花事，金蝶便会现身

那么美的身影，一直
占据着我的眼睛

起初，我并没有想过我的诗要寄托什么东西，而实际上，诗总是有意义的。寒假的时候，我看了法国电影《蝴蝶》，开学时我还特意推荐给同事们看。电影中大量呈现了阿尔卑斯山的美丽风光，除此之外，电影最动人的地方是朱利安老人为完成儿子的临终遗愿，带着聪明伶俐又调皮的单亲儿童丽莎在山中穿行追踪伊莎贝拉的情景。法国电影似乎有一个基本的特征，那就是它总能将很深刻的主题演绎得轻松诙谐。在追踪伊莎贝拉的过程中，一老一少两人每一次的遭遇、冲撞、对话，都体现出这种轻松的喜剧意味，但处处都有关于友谊、亲情、爱情、战争、金钱、人生命运的哲理与隐喻。两代人的心结无法调和又殊途同归；孤独使他们难以靠近，各自的内心隐疼与渴望又让他们冲破隔膜，最后实现爱与精神的圆满。那只名叫伊莎贝拉的蝴蝶，被看作是丽莎这样的单亲儿童教育与成长的隐喻，但又何尝不是一个关于承诺的精神目标的隐喻呢？是的，精神目标，一只美丽的蝴蝶，为我的诗歌找到了立足点。

关于西山坡，在诗中，它是作为诗歌叙事的现场而存在的。在我的心中，它有更为确切的对应场所，就是我们新校园西边那段坡。因为它的不完善，裸露，松弛，下雨天黄泥水对水沟及操场的淤塞；更因为它的安全隐患，长达 120 米的一道斜坡，一旦坍塌，其后果不堪设想。学校曾规划过砌石加固，但限于财力，一时无法实现。又听别人意见，结合校园文化的营造，想想是不是可以利用一番，种草、爬藤，造一段廊架，不就是一处很难得的景观吗？为此，心里也总有所期盼：什么时候能做成？当绿叶青草覆盖了整个山坡，当一道廊架爬满了青藤，点缀着青果，孩子们三三两两聚在一起读书交流，这会是怎样的一种校园气象？我的诗中，出现标签式的叙事场景并不多，仿佛也不是我的写作风格。我认为这会带来更多的表达束缚，而且可以肯定，标签并不是艺术真实的体现。也许，诗中的西山坡，不过就是一个载体，提供在场而已。而“金蝶现身”才是诗的关键，作为主题意象和精神目标，在诗中，它经历了一个心理预期的波折。开始是“忐忑”的，“未必”这个词的使用正好说明了问题。但到最后，诗中写到“追慕者”和无法阻挡的春天，写到了“运气”，似乎都在暗示“金蝶”出现的不易——理想中的精神目标并非那么容易实现。

自然，诗中涉及教育的话题。对于存在“危险”的西山坡，孩子们不敢涉足，但不怕死的爬藤和三角梅可以做到。教育对应“荣枯的道理”，孩子的成长对应“植物的原则”。可以说，诗中有强烈的反讽意味，这与我们平常对教育的批评存在表达上的差异，但没有本质上的差别，这也正是诗与日常言说的区别所在。

策兰说：“任何一首诗，自身都铭刻着它自己的‘一月二十日’。”在这里，他特指的是时间，是限定的“一月二十日”已发生的事件。但诗歌是宽容的，它承认自身在产生过程中留下的印迹——诗人的印迹。同时，诗又站在读者的角度为他们提供线索，保留尽可能广阔的空间。

图书在版编目（CIP）数据

金蝶现身 / 依堑著. -- 武汉 : 长江文艺出版社,
2023.3
ISBN 978-7-5702-3001-3

Ⅰ. ①金… Ⅱ. ①依… Ⅲ. ①诗集－中国－当代
Ⅳ. ①I227

中国国家版本馆 CIP 数据核字(2023)第 016739 号

金蝶现身
JINDIE XIANSHEN

责任编辑：王成晨　　责任校对：毛季慧
封面设计：李　鑫　　责任印制：邱　莉　王光兴

出版：长江出版传媒　长江文艺出版社
地址：武汉市雄楚大街 268 号　　邮编：430070
发行：长江文艺出版社
http://www.cjlap.com
印刷：武汉市籍缘印刷厂

开本：880 毫米×1230 毫米　1/32　印张：9.875　插页：2 页
版次：2023 年 3 月第 1 版　2023 年 3 月第 1 次印刷
行数：5841 行

定价：45.00 元